KB253279

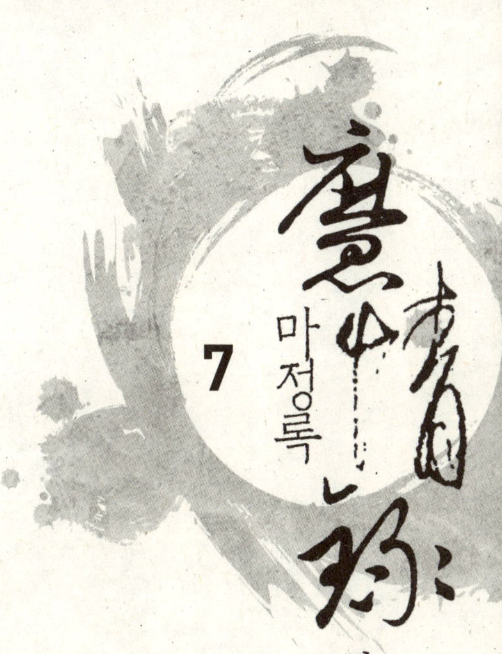

장담 신무협 장편소설

ORIENTAL FANTASY STORY & ADVENTURE

dream
books
드림북스

마정록(魔情錄) 7 상주풍운(商州風雲)

초판 1쇄 인쇄 / 2012년 11월 28일
초판 1쇄 발행 / 2012년 12월 3일

지은이 / 장담

발행인 / 오영배
편집팀장 / 권용범
책임편집 / 편집부
펴낸 곳 / (주)삼양출판사 · 드림북스

주소 / 서울특별시 강북구 송천동 322-10호
대표 전화 / 02-980-2112 팩스 / 02-983-0660
편집부 전화 / 02-980-2116 팩스 / 02-983-8201
블로그 / blog.naver.com/dreambookss

등록번호 / 제9-00046호
등록일자 / 1999년 3월 11일

ⓒ 장담, 2012

값 8,000원

ISBN 978-89-542-4977-5 (04810) / 978-89-542-4845-7 (세트)

* 지은이와 협의하에 인지는 생략합니다.
* 잘못된 책은 구입한 곳에서 바꾸어 드립니다.

마정록

7

상주풍운(商州風雲)

장담 신무협 장편소설

ORIENTAL FANTASY STORY & ADVENTURE

dream books
드림북스

차 례

마적록

第一章
북혈회(北血會)

연소랑이 차를 한 모금 마시고 입을 열었다.

"상주는 예전의 상주가 아니야. 하루에도 수십 명씩 마도의 고수들이 모여들고 있지. 이곳에 모여든 마도의 무사가 몇 명이나 될 것 같아?"

"글쎄, 한 천 명?"

연소랑이 어깨를 으쓱하고는 기특하다는 투로 말했다.

"그 정도라도 생각한 걸 보니 아주 맹탕은 아니군."

맹탕?

기분이 나쁘다기보다 더 많다는 뜻처럼 들려서 놀람이 앞섰다.

"더 되나?"

"적어도 이천오백. 많으면 삼천."

북궁천의 눈이 커졌다. 그는 정말로 놀랐다.

사실 천 명도 자신이 예상한 것보다 많이 부른 숫자였다. 그런데 그보다 몇 배나 많다니.

정파연합은 이곳의 상황을 얼마나 알고 있을까?

"정말 그렇게 많아?"

"그중 일천 정도는 천사교에 가입했다고 보면 돼."

"나머지는?"

그 말에 연소랑이 제법 심각한 표정을 지은 채 고개를 앞으로 내밀고 말했다.

"끼리끼리 세력을 형성해서 상주를 분할하고 있지."

"그래? 그런 세력이 몇 곳이나 되지?"

"넷."

"천사교와 어떤 관계지? 전부 천사교를 싫어하지는 않을 것 같은데."

"필요하면 공조하고, 평상시에는 서로에게 관여하지 않아."

"천사교를 좋아하지 않는 사람이 많나 보지?"

"솔직히 천사교의 교리가 좀 사악하긴 해. 그래도 그들 덕분에 정파와 맞설 수 있으니 배척하지도 않는 거지."

"천사교는 반기를 드는 자들을 용서하지 않는다고 들었는데, 싫어하는 걸 알면서도 가만히 있다는 게 이상하군."

"필요할 때 쓰면 되는데 뭐하러 건드려서 싸우려고 하겠어? 싸워 봐야 정파만 좋아질 텐데."

"호불호를 떠나서 상부상조하자는 거군."

"그렇다고 볼 수 있지."

"여기도 그 세력들 중 하나인가?"

북궁천이 마침내 핵심적인 질문을 던졌다.

연소랑이 잠깐 뜸을 들이고 입을 열었다.

"맞아. 우리는 그중 상주 북쪽을 장악한 북혈회(北血會)야."

"이름이 괜찮군. 마음에 들어."

마음에 든 이유는 '북(北)' 자가 들어갔기 때문이다.

연소랑은 왜 북궁천이 마음에 들어 하는 줄 생각도 못 하고 빙그레 웃었다.

"마음에 든다니 다행이군."

"말한 김에 다른 곳에 대해서도 말해 주지그래?"

나머지 삼파의 이름은 동마방(東魔幇), 남패령(南覇令), 서마련(西魔聯)이었다.

그중 동마방이 가장 커서 무사의 수가 오륙백이나 되었고, 남패령과 서마련이 사백 명 가까운 무사를 모아서 뒤를 바짝 좇았다.

　연소랑이 속한 북혈회는 그들에 비해서 세력이 약했는데, 무사의 숫자가 이백이삼십 명 정도고 대부분 북쪽에서 내려온 무사들이었다.

　"너희도 말투를 보니 북쪽에서 온 것 같은데, 어차피 이곳에서 지낼 거면 우리와 함께하는 것이 좋지 않겠어?"

　연소랑이 북궁천 일행에게 관심을 가진 것은 다른 무엇보다도 말투 때문이었다.

　"그것도 나쁘진 않겠군. 그런데 우리는 어디에 귀속되는 걸 좋아하지 않아. 거래라면 몰라도."

　"거래?"

　"그래. 몇 가지 조건을 걸고 계약을 하는 거지. 대가를 받고 북혈회의 일을 도와준다든가 하는 식 말이야."

　"흠, 그것도 나쁜 생각은 아닌데? 상 숙부는 어떻게 생각해요?"

　연소랑이 고개를 주억거리며 답하고는 고개를 돌려 옆을 바라보았다.

　조용히 앉아 있던 중년인이 입을 열었다.

　"실력만 뛰어나다면 계약을 못 할 것도 없지. 생각한 조건이라도 있나?"

　"상주에 머무는 동안 북혈회를 위해서만 일을 해 주겠어. 금액은 그때그때 정하고. 대신 우리에 대해서 지나친 간섭만 하지 않으면 돼. 나는 개인적인 볼일까지 간섭당하는 것이 싫거든."

중년인의 이마에 주름이 몇 줄 파였다.

"조건이 너무 애매하군."

"북혈회에도 나쁘진 않을 거야. 최소한 다른 자들을 위해서 북혈회에 검을 겨누지는 않을 테니까."

그 때 냉호와 신경전을 벌였던 장한이 조소를 지었다.

"훗, 너희가 우리에게 검을 겨눈다 해서 우리가 두려워할 거라고 생각하나?"

"그거야 두고 보면 알겠지. 여자, 어떻게 하겠어?"

연소랑은 탁자를 손가락으로 툭툭 두들기며 잠시 생각을 정리하더니 빙긋 웃음을 지었다.

"당신 말도 일리가 있어. 최소한 우리에게 손해 갈 일은 없으니까."

"맞아. 역시 말이 통하는군."

"대신 숙식을 제공할 테니 우리와 함께 지내. 사람은 멀리 떨어져 있을수록 믿음이 약해지거든."

"그렇게 하면 우리도 좋지. 단, 조금 전에도 말했다시피 행동을 너무 제약하지 않았으면 좋겠군."

"쓸데없는 짓만 하지 않는다면."

"북혈회에 피해를 주진 않을 거야."

"좋아. 자! 그럼 이야기는 대충 된 것 같고, 이제 이름을 말해 봐."

북궁천은 가명과 실명의 앞뒤를 떼어서 이름 하나를 만들었다.

"단천."

＊　　＊　　＊

"단천이란 자, 믿을 만하겠더냐?"

쉰 살 정도로 보이는 중년인의 질문에 연소랑이 쓴웃음을 지으며 대답했다.

"어차피 누군가를 완벽히 믿는다는 것 자체가 힘든 상황이잖아요, 아버지."

"그건 그렇지."

"제 눈에 콩깍지가 씐 것이 아니라면 그들은 보통 사람들이 아니에요. 상주에 들어오자마자 저희가 관할하는 청운객잔에 들어와서 다른 자들 눈에 띄지 않았기에 망정이지, 뺏겼으면 곤란한 자들을 적으로 맞이할 뻔했어요."

북혈회주 연풍척은 딸의 판단을 믿었다.

연안(延安) 연가장이 섬서 북부를 장악한 삼절맹에 무너진 후 살아남은 식솔을 데리고 상주에 들어온 지 석 달 반.

처음 북혈회를 만들 때 이십여 명이었던 인원이 어느덧 이백을 넘어서고 있었다.

저절로 그렇게 된 것이 아니었다.

기득권을 누리고 있던 자들과 몇 번이나 피 튀기는 싸움을 벌여야 했고, 그 와중에 위기를 맞은 적도 대여섯 번이나 되었다. 그때마다 딸이 현명한 판단을 내려서 겨우 위기를 넘길 수 있었다.

그리고 이제는 나름대로 탄탄한 세력을 구축해서 동마방이나 남패령, 서마련도 함부로 할 수 없는 위치가 되었다.

모든 게 딸 덕분이라 해도 과언이 아니었다.

"좋다, 그럼 그들은 네가 관리하도록 해라."

"알았어요."

"동마방 놈들이 영월루 일대를 욕심낸다고 하던데, 그 일은 어떻게 되고 있느냐?"

"영호 당주가 책임지고 해결하겠다며 동마방 사람들을 만나러 갔어요. 지금쯤 이야기가 끝났을 테니 돌아오면 알 수 있겠죠."

"영호신이 해결할 수 있다고 보느냐?"

연소랑의 입가에 다시 쓴웃음이 맺혔다.

"솔직히 동마방에서 내보낸 호양곽은 영호 당주에게 버거운 상대예요. 잘되면 좋겠지만 손해 볼 각오도 해야 할 거예요."

"도둑놈들. 남패령과 닷새를 싸워서 겨우 얻은 곳을 거저먹으려고 하다니."

"너무 걱정하지 마세요. 쉽게 넘겨주진 않을 테니까요."

연소랑이 짐짓 단호한 표정으로 말하며 부친을 안심시켰
다. 그 때 밖에서 다급한 목소리가 들렸다.

"회주, 영월루에서 사람이 왔습니다!"

＊　　＊　　＊

북궁천 일행에게는 장원의 뒷마당 쪽에 있는 방 세 개가
주어졌다.

각 방마다 침상 세 개와 탁자 하나, 의자 네 개가 있었고,
탁자 위에는 찻주전자와 잔이 가지런히 놓여 있었다.

북궁천은 냉호와 함께 방을 쓰기로 했다.

옆구리의 검을 풀어서 침상 한쪽에 세워 놓은 북궁천은 탁
자 위에 있는 찻주전자에서 차를 한 잔 따라 마셨다.

'상주가 이런 상황일 거라고는 생각도 못 했군.'

마도의 무사들이 몰려들고 있다는 말을 듣긴 했다. 그러나
예상했던 것보다 훨씬 더 혼란스러웠다.

그렇다고 해서 그런 상황이 자신에게 나쁜 것만은 아니었
다.

마도가 천사교를 중심으로 뭉쳐 있지 않는 것이 자신에게
는 차라리 더 나았다.

북혈회를 이용하면 진아를 찾는 일에 도움이 될 듯했다.

"밖으로 나가서 천사교에 대한 정보를 알아보겠습니다, 주

군.”

냉호의 말에 북궁천이 고개를 저었다.

“그럴 필요 없다. 어차피 금천장 안으로 들어가서 자세히 조사해 보지 않는 한, 이곳 사람들이 아는 것 이상은 알아내기가 쉽지 않을 거야.”

그 때 급박한 발걸음 소리가 들렸다. 그리고 곧 연소랑이 굳은 목소리로 북궁천을 찾았다.

“단천, 안에 있어?”

“들어와.”

문이 열리고 연소랑이 안으로 들어왔다.

“무슨 일이지?”

“해 주어야 할 일이 하나 있어.”

“지금?”

“그래, 지금.”

“무슨 일인지 말해 봐.”

연소랑은 동마방과 협상을 하기 위해 북혈회 간부가 영월루에 간 이야기를 해 주었다.

“그런데 놈들이 억지를 부리면서 영호 당주와 일행을 강제로 굴복시키고는 나를 찾고 있어. 동마방의 방주란 작자가 전부터 나를 노리고 있는데, 아무래도 그 땅딸보 돼지 같은 놈이 처음부터 나를 목적으로 영월루를 건드린 것 같아.”

“내가 뭘 해 주길 바라는 거지?”

"저들은 아직 단천 일행을 모를 거야. 그러니 영월루에 들어가서 혼란을 일으켜 줘. 그럼 기회를 봐서 우리가 영호 당주 일행을 구해 낼 테니까."

"어려운 일은 아니군. 은자 백 냥이면 어때?"

"백 냥?"

"설마 공짜로 해 달라는 건 아니겠지?"

"그래도 백 냥은 너무 비싸."

"영호 당주라는 자가 그 정도 값어치도 없나?"

"그건 아니지만……."

"대신 우리가 구하는 것까지 마무리 지어 주지. 어때?"

연소랑의 눈빛이 반짝였다.

그렇게만 된다면 백 냥의 값어치는 충분히 하고도 남았다.

"할 수 있겠어?"

"못 믿겠으면 말고."

"좋아, 어디 솜씨 한번 볼까?"

북궁천은 침상 위에 내려놓은 검을 들어서 옆구리에 끼우고 옆방을 향해 말했다.

"장추, 일하러 가자. 잠은 갔다 와서 자."

그러고는 깜박 잊었다는 듯 고개를 돌려 연소랑을 바라보았다.

"목표를 초과달성하면 그에 대해서도 값을 치러 줄 건가?"

"그만한 가치가 있다고 판단된다면."

"금액이 부담되면 돈이 아니라 다른 것으로 대신해도 돼."

북궁천의 말에 연소랑이 움찔했다.

남자가 여자에게 돈 대신 바랄 것은 한정되어 있다. 설마 아니겠지 하면서도 이상하게 가슴이 콩닥거렸다.

그 때 방을 나서려던 북궁천이 그녀를 향해 물었다.

"지금 영월루로 가면 되나?"

"그, 그래."

"어디에 있지?"

"사람을 붙여 줄게."

*　　*　　*

영월루의 이 층은 난장판이었다.

무슨 일이 벌어졌는지 증명이라도 하듯 이십여 개 탁자 중 부서진 것이 반은 되었다.

온통 피범벅이 된 바닥에는 열두어 명이 쓰러져 있었는데, 반 정도는 죽은 듯 움직임이 없었다.

그리고 살아남은 자들을 무기를 든 무사 이십여 명이 형형한 눈을 번뜩이며 에워싸고 있었다.

"늦는군."

"곧 올 겁니다, 대주."

동마방 흑운대 대주 호양곽은 앞에 놓인 술잔을 목구멍에 털어 넣고 잉어찜을 한 점 집어 먹었다.

삼십 대 초반 정도로 보이는 그는 얼굴에 사선으로 깊은 상흔이 있었는데 그로 인해서 인상이 더 날카롭게 느껴졌다.

"방주는 왜 그런 선머슴아 같은 계집을 좋아하는지 모르겠단 말이야."

옆에 서 있던 장한이 비릿한 조소를 지으며 말했다.

"그래도 앙칼진 맛은 있잖습니까?"

"천사교가 곧 대대적인 무사 파견을 요청해 올지 모르는데 계집에게만 신경 쓰고 있으니 원……."

호양곽은 불만을 드러내며 술잔을 만지작거렸다.

그는 방주인 귀살부(鬼殺斧) 악동초가 마음에 들지 않았다.

이번 일 때문만은 아니었다. 세력이 커지면서 패기가 죽고 욕심만 넘쳤다. 이러다가는 언제 남패령이나 서마련에게 먹힐지 몰랐다.

들리는 소문에 남패령은 마종보와, 서마련은 천사교의 고위 간부와 은밀한 관계를 맺고 있는 것 같다고 했다.

그들이 절정고수 몇 명만 은밀히 보태 주어도 판도가 달라질 수 있었다.

게다가 상주로 몰려드는 마도고수들 중 유명한 자들을 포섭해서 귀빈으로 모시고 있다는 소문도 들렸다.

동마방도 그런 자들을 두어 명 포섭한 걸 생각하면 소문이 사실일 가능성이 높았다.

더 큰 문제는, 그들이 자신들을 치기 위해서 손을 잡을지도 모른다는 점이었다.

그럴 경우 동마방이 기댈 언덕은 천사교뿐. 자신도 천사교의 극단적인 교리를 좋아하진 않지만, 남패령과 서마련의 야욕을 사전에 차단하려면 그들의 비위를 맞추는 수밖에 없었다.

그런데 무엇이 중요한지도 모르고 계집 하나에 얽매여 있는 꼴이라니.

'빌어먹을!'

호양곽의 짜증이 슬슬 심해지는데, 바로 앞에 쓰러져 있던 자가 고개를 들었다.

얼굴이 피투성이가 된 삼십 대 중반의 장한. 그가 바로 북혈회의 핵심인 오당주 중 한 사람, 적수당주 영호신이었다.

"오가야, 지금이라도 풀어 주고 제대로 된 협상을 하자."

"협상? 북혈회가 언제부터 우리 동마방과 협상할 만큼 컸지?"

"너희들도 이렇게 나와 봐야 좋을 게 없을 텐데?"

픽!

호양곽이 발을 뻗어서 영호신을 걷어찼다.

"이 씨발놈아! 네가 뭘 모르는데, 우리 동마방은 북혈회 따위는 안중에도 없어. 알아?"

콜록, 콜록!

두 바퀴 굴러간 후 기침을 뱉어 낸 영호신이 다시 고개를 들었다.

"우리가 남패령이나 서마련과 손을 잡으면 너희도 안심할 수 없을 텐데?"

"손을 잡든 발을 잡든, 니들 꼴리는 대로 해. 기껏해야 싸우기밖에 더하겠어?"

그 때 일 층에서 소란스런 소리가 들렸다.

"이제야 왔나 보군."

호양곽은 고개를 돌려 일 층에서 올라오는 계단을 바라보았다.

키가 큰 젊은 놈이 올라오고 있었다. 그놈을 따라서 몇 놈이 더 올라왔다.

그런데 놈들이 다 올라오도록 자신이 원하는 계집은 보이지 않았다.

호양곽의 눈썹이 송충이처럼 꿈틀거렸다.

"계집은 왜 안 오고 네놈들만 온 거냐?"

스윽, 이 층을 둘러본 북궁천의 시선이 호양곽에게서 멈췄다.

"네가 호가냐?"

호양곽의 몸이 석상처럼 굳었다.

너무나 어이가 없다 보니 바로 대꾸도 하지 못했다.

"벙어리인가?"

그 말을 듣고 나서야 입이 열렸다.

"그 새끼, 길이가 길어서 토막 내면 다른 놈보다 두 토막은 더 나오겠군."

북궁천이 피식 웃고는 슬쩍 고갯짓을 하며 말했다.

"잡아 와."

장추람이 먼저 나섰다.

자신과 북궁천은 키가 비슷했다. 결국 북궁천에게 한 욕은 자신에게도 해당된다는 말이었다.

"어디 토막 내 보시지?"

그가 움직이자 좌우에 서 있던 동마방 무사 중 대여섯 명이 우르르 몰려들었다.

냉호와 철교신, 북풍사객이 좌우로 퍼지며 그들을 정리했다.

우당탕! 퍽! 퍼벅!

"크억!"

"이 개새…… 켁!"

결국 호양곽도 나섰다.

"어디서 이런 씨발놈들이……!"

북궁천은 멀쩡한 탁자 쪽으로 가서 앉고는, 엽차를 따라 마시며 정리가 끝날 때까지 기다렸다.

'생각보다 제법인데?'

호양곽을 봄으로써 상주에 있는 마도세력의 힘을 대충 유추할 수 있었다.

연소랑은 호양곽이 동마방의 핵심고수 중 하나라 했다. 일수 일수에 흐르는 기운을 보니 절정 경지를 밟아 본 고수다.

거기다 싸워 본 경험이 많은 듯 불필요한 동작이 일체 배제된 공격은 한 수 위의 고수라 해도 막아 내기가 쉽지 않아 보일 정도다.

실력만 그럴듯한 게 아니다.

장추람의 강력한 공격에 정신없이 밀리고 있지만 독기가 일렁이는 눈빛은 조금도 기가 죽지 않았다.

저런 자가 열 명 이상이라면 강호 어디다 내놓아도 행세깨나 하는 세력을 이룰 수 있을 터.

문득 북궁천의 두 눈에서 기광이 번뜩였다.

'흠, 전부 합하면 제법 힘 좀 쓰겠는데?'

영월루의 이 층에서 벌어진 격전은 오래가지 않았다. 격전의 여파도 생각보다 심하지 않았다.

호양곽이 강하다 해도 장추람의 적수는 아니었다. 그의 수하들 역시 제법 날카로운 공격을 하며 맞섰지만 냉호와 철교신, 사객의 상대가 되지는 못했다.

장추람은 팔초 만에 호양곽의 손에서 칼을 날려 버렸다. 그러고는 적수공권이 된 그를 말 그대로 개 패듯이 두들겨 팼다.

오죽하면 쓰러져 있던 영호신이 질려서 혼신의 힘을 다해 한쪽으로 피신했을 정도였다.

그사이 냉호 등도 흑운대 무사들을 모조리 바닥에 눕혔다.

한바탕 폭풍이 지나간 영월루 이 층.

널브러진 사람들이 교체되었다. 숫자도 더 많아졌고.

"더 맞기 싫으면 대형 앞까지 기어가."

호양곽은 제법 끈질겼다. 그렇게 두들겨 맞고도 구부러지기는커녕 오히려 장추람을 노려보는 눈에 힘을 줬다.

"퉤! 죽여, 씨발놈아."

장추람은 씩 웃으며 그를 냅다 발로 찼다.

퍽!

떼굴떼굴 구른 호양곽의 몸이 북궁천 앞에서 멈췄다.

북궁천이 엎드리다시피 널브러져 있는 그를 보고 오른발을 들어서 가볍게 바닥을 굴렀다.

쿵!

엎드려져 있던 호양곽의 상체가 세워지더니 무릎을 꿇은 형태가 되었다.

북궁천은 호양곽을 내려다보며 만족한 표정을 지었다.

"이제 이야기할 자세가 되었군."

호양곽은 정신이 없었다.

뼈가 욱신거릴 정도로 두들겨 맞고 충격을 받아서 손발을 움직이기가 힘들었다. 허공섭물에 능한 고수라면 자신의 몸을 세울 수 있었다.

하지만 방금 자신의 몸을 무릎 꿇린 거력은 그러한 단순한 능력과 차원이 달랐다.

그는 지금까지 이런 경우를 상상해 본 적이 없었다.

세상에 독심마도(毒心魔刀)의 의지마저 짓눌러 버리는 가공할 패력이 존재할 줄이야!

앞에 있는 자는 대체 누구란 말인가!

그는 안간힘을 다해서 고개를 들었다.

기다렸다는 듯 북궁천이 물었다.

"연소랑 때문에 이런 일을 벌인 건가?"

"그렇다."

"동마방주가 시켰겠지?"

끄덕끄덕.

"곧 그녀가 올 거다. 너는 지금부터 그녀에게 변명할 말을 생각해 놓아라."

하지만 호양곽은 생각할 시간이 없었다. 연소랑이 도착한 것이다.

북혈회 무사 십여 명과 함께 이 층으로 올라온 그녀는 벌어지려는 입을 간신히 다물고 북궁천에게 다가갔다.

'맙소사!'

동마방 흑운대 무사 이십여 명이 바닥에 널브러져 있었다.

영호신을 비롯해서 살아남은 북혈회 무사 여섯은 탁자 다리를 기둥삼아서 기대고 한쪽에 앉아 있었는데, 표정이 딱딱하게 굳어 있었다.

그들은 아직도 북궁천 일행이 적인지 아군인지 분간이 가지 않은 듯했다.

연소랑은 북궁천 앞에 무릎을 꿇고 있는 호양곽을 바라보았다.

동마방에서 상대하기 가장 까다롭다는 독심마도가 복날에 두들겨 맞은 개꼴이 되어 있었다.

"이제 네 맘대로 해. 죽이든 살리든."

북궁천이 반쯤 입을 벌리고 있는 그녀에게 말했다.

연소랑의 마음에 갈등이 일었다. 호양곽의 생사 때문이 아니었다. 북궁천이 말한 대가 때문이었다.

'달라고 하면, 눈 딱 감고 한 번 줘?'

그만큼 충격적인 광경이었다.

그녀는 숨을 크게 들이쉬고 나서야 마음을 진정시키고 호양곽을 노려보았다.

"호 대주, 동마방이 오늘 일에 대해서 사과하고 충분한 배상을 한다면, 나는 아직도 협상할 마음이 있어. 죽은 사람들 때문에 화가 나서 이판사판 대가리 깨질 때까지 싸우고 싶은데, 그래 봐야 남 좋은 일만 시켜 줄 것 같거든? 어떻게 생각해?"

또랑또랑한 목소리, 걸걸한 말투.

호양곽의 눈이 연소랑을 향했다.

숱하게 말을 듣긴 했지만 연소랑과 직접 대면해서 말을 나눈 적은 처음이다.

얼굴은 어디에 내놔도 빠지지 않을 정도인데 말하는 투가 일반적인 여자와는 많이 달랐다. 그런데 그 말투에 가식이 섞이지 않아서 시원스럽게 들렸다.

묘한 매력.

방주가 왜 천방지축 같은 연소랑에게 관심이 있는지 조금은 이해가 되었다.

"협상을 하려면 다른 사람하고 해라. 나는 이제 자격이 없으니까."

"왜? 한 번 져서?"

"보면 모르냐? 이렇게 깨진 놈이 가서 협상이 어쩌고저쩌고하면 방주가 순순히 받아들일 것 같아?"

"하긴 그 땅딸보 방주 성격에 가만두지 않겠지."

호양곽의 표정이 묘하게 비틀렸다.

대놓고 동마방주를 땅딸보라 부르는 연소랑이다. 그렇게 동마방주를 부르는 사람은 처음이다.

그런데 그 말을 들으니 커 보이던 동마방주가 왜소하게 느껴졌다.

저기 앉아 있는 사람 같지도 않은 자를 보고 눈이 높아진 건가?

입맛이 써진 그는 죽음을 각오한 표정으로 말했다.

"알아들었으면 이제 죽여."

"나도 확 목을 잘라 버리고 싶어. 그런데 동마방하고 전쟁을 벌이고 싶진 않거든?"

연소랑은 아쉬워하는 표정으로 말하고 북궁천을 향해 고개를 돌렸다.

"단천, 당신 생각을 말해 봐. 어떻게 했으면 좋겠어?"

그 말을 들은 북궁천은 조금도 망설이지 않고 손을 펴서 수평으로 그었다.

'헉!'

호양곽은 눈앞이 깜깜해지면서 숨이 턱 막혔다.

상대의 손짓을 따라 허공이 두 쪽으로 갈라지는 것 같은 느낌.

당장 자신의 목이 몸과 분리될 것 같은데도 손끝하나 까딱할 수가 없었다.

그 때였다.

부스스스스.

그의 정수리에서 머리카락이 흘러내렸다. 머리를 묶은 끈이 끊어진 것이다.

"나 먼저 갈 테니 뒤처리는 네가 해."

북궁천은 볼일 다 봤다는 듯 자리에서 일어났다. 그러고는 일말의 주저함도 없이 몸을 돌렸다.

"추가적인 대가는 나중에 이야기하지."

멀뚱히 서 있던 연소랑이 그 말에 화들짝 놀랐다.

'진짜로 그걸 바라는 거 아냐?'

*　　*　　*

"이런, 바보 같은 놈!"

퍽!

일장을 얻어맞은 호양곽은 일 장을 날아간 뒤 떼굴떼굴 굴렀다.

"멍청한 새끼! 데려오라는 연소랑은 데려오지도 못하고, 그깟 놈들에게 두들겨 맞아서 방의 위신을 똥통에 처박아?"

다섯 자가 겨우 넘을 것 같은 땅딸막하고 통통한 사십 초반의 중년인이 씩씩거리며 욕을 퍼부었다.

그가 바로 동마방 방주이며 연소랑을 품지 못해 안달하고 있는 귀살부 악동초였다.

겨우 몸을 일으킨 호양곽은 일절 변명하지 않고 입을 꾹 다문 채 처분을 기다렸다.

"내가 너 같은 놈을 믿은 게 잘못이었어. 이름도 없는 놈들 하나 상대하지 못하고 오뉴월 개처럼 두들겨 맞는 놈에게 흑운대를 맡겼으니 남패령이나 서마련 놈들이 우리를 얕보지."

흑운대는 악동초가 맡긴 게 아니다. 호양곽이 인원을 하나 하나 골라서 직접 만들었지.

그는 그렇게 고른 무사 서른여섯을 단련시켜서 흑운대를 동마방 최강의 전위무사대로 키웠다. 이후 크고 작은 싸움에서 십여 명이 희생되긴 했지만, 세운 공으로 따지면 다른 어느 곳보다 컸다.

그리고 남패령과 서마련이 동마방을 얕보는 것은 호양곽 때문이 아니라 악동초 때문이었다.

하지만 그에 대해서도 반론을 펴지 않았다.

"방주, 진정하십시오. 호 대주가 그동안 세운 공을 봐서라도 그 정도로 용서해 주시지요."

한쪽에 서 있는 삼십 대 후반의 중년인이 악동초를 달랬다.

호양곽은 그가 조금도 고맙지 않았다.

그는 혈운대주 풍단이란 자로 평소 호양곽의 성장을 질시하며 사사건건 흑운대의 행사를 방해했다.

그러기에 호양곽은 그가 지금 자신의 몰락을 은연중 즐기고 있다는 것을 너무나 잘 알았다.

"마지막 기회를 주마, 호양곽. 이틀 안에 어떻게든 그놈들을 처리해서 처박힌 본 방의 위신을 세워라! 실패하면 네놈을 개밥으로 던져 줄 테니 그리 알아!"

풍단이 기회를 놓치지 않고 한마디 했다.

"잘 참으셨습니다, 방주. 요즘 천사교의 분위기도 심상치 않은데 다리 부러진 개 한 마리라도 아껴야지요.”

악동초가 이마를 찌푸리며 고개를 돌렸다.

“천사교의 움직임이 바빠지고 있다면서?”

“예, 방주. 아무래도 소존이 상남을 빼앗긴 것 같다고 합니다.”

“젠장, 정파 놈들이 발악을 하는군.”

“그 말이 사실이라면 천사교가 지원무사들을 소집할지 모르니 미리 준비하는 게 좋을 것 같습니다.”

“제기랄, 아니꼬워도 별수 없지.”

투덜거리던 악동초가 못마땅한 표정으로 호양곽을 다그쳤다.

“거기서 뭐 하고 있는 거냐? 나가 봐!”

호양곽은 공수의 예를 취하고 절룩거리며 방을 나섰다.

뒤에서 악동초의 목소리가 꼬리처럼 들려왔다.

“쓸모없는 병신 같은 놈.”

탁.

방문을 닫은 호양곽은 으스러뜨릴 것처럼 이를 악물었다.

‘개밥이란 말이지? 쓸모없는 병신이라고? 이 독심마도 호양곽이?’

그냥 하는 말이 아니다. 악동초에게는 인육을 먹는 개가 있다. 그는 자신이 쓸모없게 되면 정말로 개에게 던져 줄 것이다. 지금까지 개에게 던져진 몇 명처럼.

천천히 걸음을 떼는 그의 이마 앞에서 잘려 늘어진 머리카락이 출렁거렸다.

'그래, 머리카락이 잘린 순간 이 호양곽의 삶이 끝난 것인지도 모르겠군.'

*　　*　　*

여명이 밝아 올 무렵.

호연도광은 새벽에 찾아온 숙야돈의 보고를 받고 인상이 구겨졌다.

"상남까지 빼앗기고 영서 우영산장으로 후퇴했다고?"

"예, 교주."

"이런 바보 같은 놈!"

"북궁천과 그의 일행이 먼저 침입해서 한바탕 소란을 피우는 바람에 제때 대처를 못 했다고 합니다."

호연도광은 그것이 핑계라는 걸 모르지 않았다.

하지만 그는 그 말에 대해 별다른 반응을 보이지 않았다.

미우나 고우나 자식이었다. 모든 책임을 자식이 지는 것보다는 남이 나누어 지는 게 나았다.

더구나 그 대상이 북천마제 북궁천이라면 더할 나위 없었다.

"아기가 유아에게 있는 줄 알고 침입했나 보군."

"보통 놈이 아닙니다. 아기가 우리 손에 있는 걸 알면 걱정되어서라도 손을 쓰지 못할 텐데, 망설임 없이 공격했다고 합니다."

"북천을 피로써 정복한 놈이다. 일반적인 생각으로 마제를 평가하면 안 될 것이야."

"어쨌든 아기가 이곳으로 보내졌다는 걸 알았다면 곧 저희 앞에 나타날 겁니다, 교주."

"어쩌면 이미 근처까지 왔는지도 모르겠군."

"놈이 아무리 폭급한 성격이라 해도 이곳에서는 제 뜻대로 할 수 없을 겁니다. 너무 걱정 마십시오."

"후후후, 차라리 감정을 억누르지 못하고 안으로 뛰어들면 좋겠군. 그럼 요리하기가 훨씬 편할 텐데 말이야."

"마제가 감정을 누르고 정파연합과 함께 움직일 경우도 생각해 봐야 할 것입니다."

"물론 그럴 수도 있겠지. 하지만 마제의 정체가 밝혀진 한 전처럼 행동하기가 쉽지 않을 거다. 정파 놈들은 마(魔) 자만 들어가도 거리를 두는 놈들이니까."

"교주님의 말씀이 옳습니다."

호연도광은 살기 띤 웃음을 지으며 화제를 돌렸다.

"정파연합 떨거지들은 지금 어디까지 왔느냐?"

"유원당이 소문만큼 뛰어난 자라면 지금쯤 단풍까지 밀고 올라왔을 겁니다."

호연도광의 입가에서 웃음이 사라지고, 눈빛이 순간적으로 새파랗게 번뜩였다.

그는 천하제일의 모사다. 뛰어난 군사 하나가 천 명의 무사보다 더 무섭다는 사실을 누구보다 잘 알았다.

"그동안 놈을 너무 얕본 것 같다. 네가 책임지고 놈을 처리해라."

"예, 교주."

숙야돈은 담담한 표정으로 대답했다.

그 일에 적합한 사람이 하나 있었다.

자칭 천하제이(天下第二)의 살수가.

"혈문과 마종보에서는 아직 답이 없느냐?"

"이 차 지원무사들이 며칠 안으로 도착할 겁니다."

"그래? 다행이군."

"그리고 교의 이름으로 청한 자들 중 십여 명이 본 교와 함께하겠다는 연락을 해 왔습니다. 다만 너무 많은 것을 요구하고 있어서 차후 조정이 필요하지 않을까 생각하고 있습니다."

미간을 찌푸린 호연도광의 눈빛이 차갑게 번뜩였다.

"욕심이 지나친 놈들은 그만한 대우를 해 주면 되겠지. 그런 놈들은 결국 아무것도 챙기지 못하게 될 게야."

第二章
바람은 불기 시작하고

연소랑은 아침이 되자 북궁천의 거처로 향했다.

뜬눈으로 밤을 새우다시피 해서 얼굴이 부스스했다.

언제 대가를 받겠다며 부를지 몰라서 걱정과 호기심과 기대가 섞인 마음으로 잠을 설친 것이다.

그런데 그는 날이 샐 때까지 부르지 않았다.

안도감과 아쉬움이 동시에 밀려들었다.

'쳇!'

왠지 속은 기분.

그녀는 그가 도대체 뭘 원하는지 알고 싶었다.

마침 부친이 그를 만나 볼 겸 식사를 함께하고 싶다는 말을 해서 일찍 찾아갈 핑계는 충분했다.

그런데 철교신이 북궁천 일행의 거처 앞에 도착한 그녀를 먼저 맞이했다.

웃통을 벗은 채, 돌덩이 같은 근육을 드러내고서.

연소랑은 걸음을 멈추고 철교신의 상반신을 감상했다.

'호오, 굉장한 몸인데?'

사람이 오가는 걸 크게 신경 쓰지 않고 있던 철교신은 뒤늦게 나타난 사람이 연소랑이란 걸 알고 화들짝 놀랐다.

"어어?"

나무에 걸쳐 놓은 옷을 후다닥 집어서 걸친 그가 더듬거리며 물었다.

"무, 무슨 일로 이렇게 일찍……?"

"단천 좀 만나려고. 안에 있어?"

말을 하는 사이 연소랑이 코앞까지 다가왔다.

철규신은 그녀에게서 옅은 향이 풍기자 얼굴이 벌게졌다.

"이, 있소."

그 때 방문이 열리고 북궁천이 나왔다.

"무슨 일이야?"

"아버지께서 같이 식사하시자며 데려오래."

"꼭 가야 하나?"

"다음에는 내 선에서 해결할 테니 오늘만 가. 그래도 회주의 얼굴은 봐야 할 것 아냐?"

"그건 그렇군. 좋아, 가지. 교신, 사람들 아직 자나?"

북궁천이 일행을 전부 데려가려고 하자 연소랑이 재빨리 말렸다.

"굳이 전부 갈 필요는 없어."

연풍척은 딸과 함께 들어오는 북궁천을 보고 충격을 받았다.

딸의 이야기를 들어서 어느 정도 예상은 했지만, 자신의 예상치를 뛰어넘는 자였다.

저런 자가 왜 북혈회에 들어왔을까?

아무리 계약 맺은 일만 해 주겠다고 했다지만 의문이 아닐 수 없었다.

"단천이오."

북궁천은 무뚝뚝한 말투로 가명을 말하며 가볍게 포권을 취했다.

조금은 건방지게 보이는 태도.

그러나 연풍척은 개의치 않고 담담히 답했다.

"내가 회주를 맡고 있는 연풍척이네. 자리에 앉지."

연풍척은 북궁천이 자리에 앉을 때까지 기다린 후 바짝 당겨진 마음을 풀고 웃음을 지었다.

목적이 뭐든 현재는 북혈회를 돕는 사람이다. 어젯밤만 해도 큰 도움을 주었고. 당장은 그거면 되었다.

"소랑이에게 말을 많이 들었네. 어젯밤 대단한 일을 해냈더군."

"만족했다니 다행이군요."

"호양곽이 당했으니 동마방주가 길길이 날뛰었을 거야. 어젯밤에 바로 쳐들어오지 않은 것만도 다행이지."

"머리가 조금만 돌아가는 자라 해도 어느 것이 이익인지 계산하기 바빴을 거요."

"그런가? 하하하하."

이야기를 몇 마디 나누기도 전에 시비가 음식을 들고 들어왔다.

연풍척은 이야기를 뒤로 미루었다.

"자, 식사부터 하고 이야기를 나누도록 하세."

"그래요, 아버지. 식기 전에 드세요."

연소랑도 부친의 의견을 반겼다.

어차피 이야기가 길어지면 화기애애한 상황과는 거리가 멀어질 것이 분명했다. 그런 딱딱한 이야기는 식사를 마치고 하는 게 나았다.

식사는 이런저런 사소한 이야기를 하면서 이각가량 진행되었다.

식사를 마치자 시비가 나와서 차를 따랐다.

북궁천이 모락모락 김이 올라오는 차를 한 모금 마시고 찻잔을 내려놓자 연풍척이 물었다.

"솔직히 말해서 궁금한 점이 한두 가지가 아니네. 대답해 줄 수 있겠나?"

"말씀해 보시죠."

"우리 북혈회에 들어올 사람이 아닌 것 같은데, 왜 이곳에 들어왔는가?"

북궁천은 잠깐 대답을 미루고 생각을 정리했다.

대충 얼버무려도 되었다. 그렇게 해도 이들은 자신을 내치지 못할 테니까.

하지만 시간이 없었다. 하루라도 빨리 진아를 구해 낼 방법을 찾아야 했다.

그는 시간을 아끼기 위해서 정면돌파를 택했다.

"천사교에 볼일이 있소. 그 때문에 그들을 파악해야 하는데 상주의 상황이 생각했던 것과 많이 다르다는 걸 알았소. 그래서 일단 북혈회를 도와주면서 천사교를 살펴볼 생각이오."

"으음, 그랬군."

연풍척은 천사교를 좋아하지 않았다. 그렇다고 해서 그들을 무시할 수도 없는 입장이니 고민이 아닐 수 없었다.

그런데 연소랑이 눈빛을 빛내며 물었다.

"만약 당신의 일을 우리가 도와준다면, 당신은 우리에게 뭘 해 줄 거지?"

“나에게 원하는 것이 있으면 말해 봐.”

북궁천의 자신만만한 말에 연소랑은 자신이, 북혈회가 원하는 것을 말했다.

“어젯밤 일로 동마방이 가만있지 않을 거야. 그들을 막아 줘.”

“그리 어려운 일은 아니군.”

“그럼 그렇게 하기로 계약한 거야?”

“차라리 이렇게 하지.”

“어떻게?”

“동마방을 정리해 버리는 거야.”

연소랑의 눈이 커졌다.

“동마방을? 그게 가능해?”

“못 할 것도 없지. 대신 그 이후에는 북혈회가 내 뜻대로 움직여 줘야겠어.”

말이 자신을 위해서 움직여 달라는 것이지, 결국은 북혈회를 자신 마음대로 하겠다는 뜻이 아닌가 말이다.

“뭐야? 우리 북혈회를 털도 안 뽑고 통째로 먹겠다고? 그걸 말이라고 해?”

동마방을 무너뜨린다 해도 북혈회가 남의 손에 들어간다면 무슨 소용이란 말인가?

북궁천도 두 부녀가 반발할 거라는 것 정도는 짐작하고 있었다. 반발하지 않으면 그게 오히려 이상했다.

하기에 뒷말도 준비해 두었다.

"오래 있지는 않을 거다. 짧으며 닷새, 길어도 보름을 넘기진 않을 거야. 그리고 떠나기 전에 누구도 북혈회를 건드릴 수 없게 만들어 놓겠다."

닷새에서 보름?

그 시간이면 통째로 삼킨다 한들 소화도 안 될 짧은 기간이다.

연풍척은 북궁천을 뚫어지게 바라보며 단도직입적으로 물었다.

"나는 자네들의 능력을 정확히 모르네. 그걸 알아야 대답을 할 수 있을 같군."

북궁천은 간략하게 대답했다.

"대답은 동마방을 정리한 다음에 해도 상관없소. 자세한 이야기도 그때 하고."

연풍척은 그 일이 정말 가능할까 싶었다. 그가 아는 동마방은 고수 몇 사람 늘어났다고 해서 무너뜨릴 수 있는 곳이 아니었다.

하지만 연소랑은 생각이 조금 달랐다. 가능성이 크진 않아도 전혀 불가능한 일만은 아닌 듯 느껴졌다.

"자신 있어? 호양곽을 이겼다고 너무 자신만만한 거 아냐?"

"북혈회로선 손해 볼 것이 없잖아? 어차피 당장 동마방과 싸우면 끝장날 텐데 말이야. 그렇게 안 되려면 남패령이나 서마련 밑으로 들어가서 생존을 모색해야 할 것이고."

사실이 그랬다.

이러나저러나 북혈회에 위기가 닥쳤다는 것만은 분명한 상황.

연풍척은 문득 북궁천이 들어올 때 느꼈던 그 감정을 떠올리고 연소랑의 의견을 물었다.

"소랑아, 네 생각을 말해 봐라."

연소랑은 입술을 지그시 깨물었다.

어차피 선택의 여지는 한정되어 있었다. 그렇다면 모험을 해 보는 것도 나쁘지 않을 듯했다.

흥하든, 망하든.

"해 봐요, 아버지. 까짓거, 기껏해야 죽기밖에 더하겠어요?"

"간부들이 반대할지 모르는데도?"

"당장 말할 필요는 없어요. 사람들이 단천을 어느 정도 알게 되면 그때 말하죠, 뭐."

그것도 괜찮은 방법이다.

연풍척은 이를 지그시 깨물고 오랫동안 잠들어 있던 모험심을 깨웠다.

"좋다, 그럼 한번 해 보자."

*　　*　　*

북궁천이 거처로 돌아가는데 연소랑도 동행했다.

그녀가 더 참지 못하고 북궁천에게 물었다.

"어제 일, 어떤 대가를 원하는 거야?"

"금천장에 대한 정보를 모아 줘."

연소랑은 북궁천의 답을 듣고 샐쭉한 표정을 지었다.

"금천장에 대한 정보?"

"그래. 그리고 금천장 내부 지리를 잘 아는 사람이 있는지 알아봐."

연소랑은 실망(?)이 이만저만 아니었다.

기대했던 대가와는 전혀 다른 요구다.

자신이 짐작했던 대가를 요구하면 도끼눈을 뜨고 툭 쏘아 주려 했는데…….

뭐, 끝까지 요구하면 못 이긴 척 받아 줄 마음도 눈곱만큼은 있었고.

'남자가 말이야, 나처럼 예쁜 여자가 옆에 있으면 욕심을 낼 줄도 알아야지.'

그녀가 바로 대답하지 않자 북궁천이 재촉했다.

"왜 대답이 없어?"

연소랑이 신경질적으로 대답했다.

"조금만 기다려! 전에 금천장에서 일하다 나온 사람이 있으니까 보내 줄게! 됐지?”

그러고는 홱 몸을 돌려서 온 길을 되돌아갔다.

‘왜 저래?’

북궁천은 고개를 갸웃거리며 거처로 갔다. 그는 연소랑이 왜 짜증을 내는지 도대체 이해할 수가 없었다.

‘여자는 정말 이상하다니까?’

조금만 기다리라던 연소랑의 말과 달리 금천장을 잘 안다는 사람은 점심이 지나서야 왔다.

이름은 정화문. 나이는 서른다섯. 그는 북혈회 삼당 중 풍도당 휘하 향주 셋 중 하나였다.

그도 간밤의 소문을 들었는지 잔뜩 긴장한 표정으로 북궁천을 찾아왔다.

“풍도당의 이향주 정화문이오. 금천장에 대해 잘 아는 사람을 찾는다 해서 왔소.”

“연소랑이 언제 귀하에게 밀을 전했소?”

아무래도 이상하다는 생각이 든 북궁천이 넌지시 물어보았다.

“일각 전쯤에…….”

‘역시 그랬군. 그 여자가 왜 갑자기 심술을 부리는 거지?’

북궁천이 이마를 찌푸렸다 고개를 갸웃거렸다 하며 괴이한 행동을 하자, 정화문이 눈치를 보며 물었다.

“저기, 무엇을 알고 싶어서 부른 거요?”

그제야 북궁천이 의문을 털어 버리고 그를 상대했다.

“금천장 내부에 대해서 물어볼 것이 있어 불렀소. 그곳에
대해서는 얼마나 아시오?”

“금천장에서 삼 년을 일했소. 이 년 전에 시비 하나를 잘못
건드리는 바람에 그만두었지만, 내부의 지리라면 모르는 곳
이 거의 없다고 자부할 수 있소.”

그런 일을 저질렀으니 마도세력인 북혈회에 들어와 있겠
지.

어쨌든 삼 년을 지냈으면 금천장에 대해서 어지간한 곳을
다 알 것 같다.

“좋소. 그럼 금천장의 건물 배치에 대해서 아는 대로 모두
말헤 보시오.”

금천장은 정파였다. 그러나 그들에게도 남들에게 드러내기
싫어하는 부분이 있었다.

정화문은 바로 그러한 일을 처리해 주는 부서에 있었다고
했다. 마치 회룡당 같은 곳 말이다.

그리고 그 덕분에 금천장의 구석구석 은밀한 곳까지 알고
있었다.

탁자 위의 종이에 붓을 죽죽 그어 가며 설명하는데 때로는
불필요한 것까지 설명해서 북궁천을 짜증 나게 했다.

"이 건물을 돌아 뒤로 가면 시녀들이 목욕하는 걸 볼 수 있소. 흐흐흐흐. 근데 말이오. 이것들이 누가 보는 줄 알면서도 버젓이 목욕을 할 때도 있다오."

"잡소리는 집어치우고, 주요 건물에 대해서 계속 이야기해보시오."

북궁천이 냉랭한 목소리로 정화문을 다그쳤다.

정화문은 서릿발처럼 차가운 북궁천의 눈빛에 목을 자라처럼 움츠렸다.

'싫어하는 척하기는. 척 보니까 침을 질질 흘리면서 볼 것 같구만……'

슬쩍 북궁천의 눈치를 살핀 그는 헛기침을 하며 말을 이었다.

"험, 알겠소. 아마 천사교의 수뇌부는 이쪽에 거주하고 있을 거요. 죽은 선 장주의 가족이 지내던 곳인데, 정원에서 매화가 피면 일대가 꽃으로 뒤덮이는 곳이오. 그리고 그 옆에는……"

정화문은 한 시진 가까이 금천장을 설명하고 방을 나갔다.

북궁천의 머릿속에는 그가 설명한 금천장의 내부 정경이 그림을 그리듯 새겨졌다.

금천장은 그가 생각한 것보다 훨씬 넓었다. 그 안에서 삼천의 무사가 생활할 수 있다 하니 천사교가 그곳을 총단으로 삼을 만했다.

진아는 그 넓은 곳 어디에 있을까?

허공을 바라보며 진아를 떠올리던 북궁천은 숨을 깊게 들이쉬며 마음을 가라앉혔다.

'서둘지 말자. 이제 한 발 다가섰으니 곧 만날 수 있겠지.'

*　　*　　*

석양이 지고 어둠이 세상을 덮어 갈 무렵.

발신자의 이름도 없는 서신 하나가 북궁천에게 전해졌다.

서신은 연소랑을 통해서 전해졌는데, 직접 가져온 연소랑은 아직도 기분이 안 풀렸는지 서신을 휙 던져 주었다.

까칠한 말투와 함께.

"아는 사람도 없다면서 웬 서신이야? 수상한데?"

"글쎄, 나도 모르겠군. 읽어 보면 누가 보냈는지 알겠지."

북궁천은 연소랑이 보는 앞에서 봉인을 뜯었다.

서신은 한 장밖에 되지 않았다. 삐뚤빼뚤한 글씨로 적힌 글은 더 간단했다.

술시 말, 영월루로 가겠소. 머리카락을 잘랐으면
내 목도 알아서 하시오.

“응? 뭐야? 호양곽이 보낸 거잖아?”

고개를 쭉 빼고 서신을 보던 연소랑의 눈이 보름달처럼 동그래졌다.

북궁천은 서신과 봉투를 손안에 쥐고 가루로 만들어 바람에 날려 보냈다.

“그가 왜 당신에게 이런 서신을 보낸 거지?”

“돌아가서 돼지게 혼난 모양이다.”

“땅딸보의 더러운 성격을 생각하면 죽지 않은 것만도 다행이지, 뭐.”

말해 봐야 입만 아프다는 식으로 말하던 연소랑이 멈칫하더니 북궁천을 올려다보았다.

“가만? 내 목도 알아서 하라고? 혹시 그가……?”

“아무래도 그런 것 같다.”

동그래진 연소랑의 눈이 잘게 떨렸다.

“설마 당신…… 처음부터 생각하고 머리카락만 자른 건 아니겠지?”

“내가 귀신인 줄 알아? 잔소리 말고, 영월루에 사람을 보내서 그가 오면 가만 놔두라고 해.”

“알았어. 그런데 말이지, 그를 믿을 수 있을까?”

“그거야 그를 만나 보면 알겠지.”

북궁천은 연소랑이 더 잔소리를 하기 전에 몸을 돌렸다.

나중에 그를 이용해 볼 수 있지 않을까 해서 살려 주었다.

그런데 생각지 못한 결과가 나왔다.

나쁜 결과는 아니었다. 나쁘기는커녕 너무 좋아서 탈일 정도다.

'예정보다 조금 일찍 시작할 수 있을 것 같군.'

*　　*　　*

술시 말.

전날의 충격이 가시지도 않은 영월루에 또다시 긴장감이 감돌았다.

이 층 구석진 곳에 호양곽이 앉아 있었다.

창백한 표정, 눈가와 턱에는 시퍼런 멍이 들어 있고, 입술은 터진 부위가 부어서 전보다 배는 두툼해진 상태였다.

그의 주위에는 다섯 명이 서 있었는데, 그들 역시 바짝 긴장해서 석상처럼 굳은 표정이었다.

멀찌감치 떨어져서 그들을 지켜보는 북혈회 무사들도 긴장하기는 마찬가지였다.

회에서 가만 놔두라는 연락이 와서 놔두긴 하지만 언제 터질지 모르는 화산을 눈앞에 둔 듯했다.

저벅, 저벅, 저벅.

북궁천은 팽팽한 긴장감을 감도는 이 층을 태연히 가로질러서 호양곽의 자리로 다가갔다.

장추람을 비롯한 북천궁 사람들은 보이지 않았는데, 그들
은 북궁천의 명으로 영월루의 외곽을 밤고양이처럼 어슬렁거
리고 있었다.

"얼굴이 어쩌다 그렇게 됐지?"

의자에 앉은 북궁천이 호양곽의 얼굴을 보더니, 이유를 전
혀 모르는 사람처럼 말했다.

전이었다면 눈빛을 시퍼렇게 빛내며 칼을 뺐을 호양곽이
다.

그러나 지금은 담담한 표정으로 대꾸했다.

"어제 귀하가 볼 때보다 조금 안 좋아졌을 뿐이오."

"동마방주도 사람이 못됐군. 다친 수하를 때리다니."

"임무에 실패하는 것만으로도 모자라 두들겨 맞고 왔으니
화내는 건 당연한 일 아니오?"

"아무리 그래도 그렇지, 하필이면 왜 다친 곳을 또 때려?"

"화가 머리끝까지 치민 사람이 그런 것을 생각하고 때리겠
소?"

악동초에 대한 마음을 슬쩍 떠봤는데 원망하지 않고 감싸
는 호양곽이다.

북궁천에게는 그 점이 이상하게 보였다.

악동초가 싫어서 자신을 찾아온 거라 생각했거늘.

"그를 원망하지 않나 보군."

"아무리 내가 마도인이라지만 몇 대 때린 것 때문에 모시던 사람을 원망할 정도로 속 좁은 사람은 아니오."

"그럼 뭐가 문제여서 나를 찾아온 거지?"

호양곽은 숨을 들이쉬며 북궁천을 직시했다.

"그가 나를 다그친 것은 충분히 이해할 수 있소. 하지만…… 방을 위해 열심히 일한 나를 한 번 실수했다고 개밥 취급한 것은 용서할 수 없소."

"악동초가 사람 보는 눈이 없군. 악이 바친 들개를 개밥 취급하다니."

"그 말을 듣고서야 어제 머리카락이 잘린 것으로 지금까지의 삶이 끝났다는 걸 깨달았소. 해서 이제부터는 다른 삶을 살 생각이오. 머리카락을 자른 사람이 귀하이니 목을 치든, 아니면 앞으로의 삶을 이끌어 주든 귀하가 알아서 하시오."

"정말 동마방과 등을 돌릴 생각인가?"

"나 때문에 동마방과 싸우는 게 무섭소? 그들이 두렵다면 지금까지 한 말은 없던 걸로 하겠소."

순간, 북궁천의 잔잔한 눈빛이 무심하게 가라앉았다.

"호양곽. 나는 누가 나를 떠보는 걸 무척 싫어한다. 앞으로 내 밑에서 살아가려면 그런 말버릇부터 고쳐라."

호양곽의 눈꺼풀이 잘게 떨렸다.

자신을 받아들이겠다는 뜻.

그는 의자에서 일어나 정중하게 포권을 취했다.

"호양곽이 새로운 주인을 뵈오."

북궁천은 슬쩍 고개를 끄덕이는 것만으로 그의 인사를 받았다.

"나에 대해서는 나중에 알려 주겠다. 그때까지는 궁금해도 참아라."

호양곽은 정말 궁금했다.

북혈회에 있다고 해서 북궁천이 북혈회 무사라는 생각은 처음부터 하지도 않았다. 북궁천을 품기에는 북혈회가 너무 작은 것이다.

하지만 아무리 궁금해도 참으라 하니 참는 수밖에.

"알겠습니다."

"저 친구들은 어떻게 할 건가?"

"악동초가 잘 모르고 있는 게 있습니다. 흑운대는 저를 따르는 사람들이지 악동초를 따르는 사람들이 아닙니다. 제가 주군의 수하가 된 이상 흑운대도 주군의 수하가 될 겁니다."

"모두 몇 명이지?"

"저까지 스물네 명입니다."

"앞으로 돈을 많이 벌어야겠군."

"예?"

"스물네 명이나 먹여 살리려면 돈이 있어야 하지 않겠나? 더구나 어제 부상을 입은 사람이 많을 테니 약값도 많이 들 것이고 말이야. 이럴 줄 알았으면 손을 적당히 쓰라고 할 걸 그랬어."

호양곽은 그 말을 듣고, 자신이 생각한 젊은 주인의 성격을 조금 수정했다.

다행이었다.

'따분하진 않겠군.'

그 때 밖에서 소란스런 소리가 들렸다.

"그대 때문에 왔나 보군."

북궁천의 말에 호양곽의 표정이 굳어졌다.

들리는 소리로 봐서 동마방 무사들이 몰려온 듯했다. 자신의 배신을 눈치챘다는 뜻.

이를 지그시 악문 그는 허리춤의 도병을 움켜쥐었다.

"저 때문에 온 자들이니 제가 해결하겠습니다."

"이봐, 내가 부상에서 회복되지도 않은 사람을 내세울 만큼 인정머리 없는 사람처럼 보여?"

"그것이 아니라……."

"쓸데없이 나서지 말고, 여기서 구경이나 해. 다치면 약값만 더 드니까."

북궁천은 더 들을 것도 없다는 듯 일어나서 창가로 갔다.

호양곽은 묘한 표정으로 그의 등을 보며 따라갔다.

가슴이 뛰었다.

어릴 적, 자신이 하늘처럼 생각했던 사람을 눈앞에서 직접 봤을 때보다 더 심하게 뛰었다.

짝사랑했던 여인이 아픈 자신의 이마를 만져 주었을 때만큼이나 격렬했다.

'크다, 너무 커! 이 독심마도가 하늘을 만난 건가?'

*　　*　　*

풍단은 호양곽이 흑운대 무사들을 데리고 영월루에 갔다는 말을 들었을 때만 해도 별다른 의심을 하지 않았다.

그런데 영월루에 있는 북혈회 무사들이 호양곽을 순순히 받아들였다는 말을 듣고 나서야 이상함을 눈치챘다.

그는 즉시 악동초를 만났다. 그리고 사실과 거짓을 교묘히 섞어서 악동초를 자극했다.

"호양곽의 행동이 수상합니다, 방주. 어제 실수로 목숨이 위태로워지니 아예 북혈회 쪽으로 넘어갈 생각인 것처럼 보입니다. 그러지 않고서야 영월루의 북혈회 무사들이 호양곽을 순순히 받아 줄 리 없지 않습니까?"

"뭐야? 호양곽이 배신을 해?"

"사실 저는 어제부터 그의 눈빛을 보고 이상하다는 생각을 했습니다. 그래서 사람을 하나 붙여 놓았는데, 아니나 다를까 오전부터 이상한 행동을 하더니, 조금 전에 몰래 영월루로 들어갔다고 합니다. 게다가 북혈회 무사들이 대하는 태도도 적을 대하는 것 같지 않았다고 합니다."

"이런 개새끼가!"

악동초는 노발대발해서 당장 호양곽을 잡아들이라는 명령
을 내렸다.

"당장 가서 잡아 와! 필요하면 영월루를 완전히 박살 내 버
려도 좋다!"

풍단은 쾌재를 부르며 혈운대원을 비롯해서 일백 명이 넘
는 무사들을 데리고 영월루로 달려갔다.

하지만 그는 영월루에 들어가지도 못하고 밖에서 저지당했
다.

"내가 바로 동마방의 혈운대주 풍단이다. 비켜라!"

풍단의 앞을 막은 사람은 장추람과 냉호였다.

"풍단이든 풍뎅이든, 당신 이름은 내 알 바 아니고, 동마방
사람들은 들어갈 수 없어. 그러니 좋은 말로 할 때 그냥 돌아
가."

"이런 건방진 놈! 연풍척이 그리 말하라 가르치더냐?"

"거, 말귀 못 알아듣네. 죽기 싫으면 가라고오오. 꺼져어
어! 살기 싫어?"

장추람이 신이 난 표정으로 풍단을 다그쳤다.

마치 달려들기를 바라며 재촉하는 것처럼 보일 지경이었
다.

반면 옆에 있는 냉호는 조금 다르게 반응했다.

"죽고 싶은 사람, 앞으로 나와. 거기 사팔뜨기, 네가 먼저
덤빌 거냐?"

풍단은 머리 꼭대기가 펑 터질 것처럼 열이 났다.

"오냐, 이놈들! 원한다면 모두 죽여 주지! 막는 놈들은 죽
여도 상관없다! 들어가서 호양곽을 잡아라!"

동마방 무사들이 우르르 영월루로 몰려갔다.

그러나 입구를 통해 들어가려던 자들은 장추람과 냉호에
의해 막히고, 담장을 넘으려던 자들은 철교신과 북풍사객을
상대해야 했다.

거기다 연소랑이 끌고 온 북혈회 무사 삼십 명이 출동해
있던 터였다.

자신만만하게 달려들던 동마방 무사들은 그들의 방어벽을
뚫지 못하고 순식간에 이십여 명이 쓰러졌다.

장추람과 냉호는 각자 대여섯 명을 쓰러뜨리고도 양에 차
지 않는지 눈에 불을 켜고 또 다른 자들을 덮쳤다.

그들의 일검 일도를 제대로 막아 내는 자조차 드물었다.

도검이 청광을 번뜩이며 어둠을 가를 때마다 한두 명씩 비
명을 내지르며 튕겨 나갔다.

뒤늦게 상황이 심상치 않음을 인식한 풍단이 눈을 부릅뜨
고 소리쳤다.

"놈들을 우회해서 안으로 들어가라!"

연소랑도 지지 않았다.

"놈들을 막아! 뚫리면 하루 굶을 줄 알아! 대신 막으면 내가 술 한잔 산다!"

밤하늘에 울려 퍼지는 그녀의 낭랑한 목소리.

북혈회 무사들은 아름다운 연소랑의 술을 얻어먹기 위해서 젖 먹던 힘까지 끌어냈다.

북궁천은 혼전이 벌어진 상황을 무심한 눈으로 이 층에서 내려다보았다.

"고수들은 안 온 것 같군."

"풍가가 공을 욕심내고 데려오지 않은 것 같습니다."

"저자가 풍가인가?"

"혈운대 대주 풍단이란 자입니다. 아주 교활하고 음험한 놈이지요."

호양곽이 이를 갈듯이 냉랭히 말했다.

북궁천은 그 말만 듣고도 둘 사이의 관계를 유추할 수 있었다.

"그대와 사이가 안 좋았나 보군."

"견원지간이라고 보시면 됩니다."

"악동초의 신임 정도는?"

"아주 가깝게 지내는 사이라 할 수 있습니다. 하지만 악동초는 아무도 믿지 않습니다. 풍단은 그가 자신을 신임하고 있을 거라 생각하지만, 그것은 풍단만의 착각이지요."

“만약 이곳에서 대패해 돌아간다면 악동초가 그를 어떻게 대할 거라고 보는가?”

“개밥으로 만들지 않으면 다행이지요.”

“흠, 개밥이란 말이지?”

나직이 되뇌던 북궁천이 훌쩍 몸을 날렸다.

호양곽이 그의 행적을 쫓으며 창가에 바짝 붙었다.

북궁천은 어느새 풍단의 머리 위에까지 날아가 있었다.

‘가공할 신법이군.’

승천무풍행으로 십여 장을 날아간 북궁천은 풍단 앞에 내려서며 오른손을 뻗었다.

“헉! 웬 놈이……!”

대경한 풍단은 다급히 검을 들어서 반격을 취했다.

그러나 검을 반도 뽑기 전에 북궁천의 장력이 그를 강타했다.

쾅!

“크억!”

풍단은 비명에 가까운 신음을 내지르며 정신없이 물러섰다.

그러나 북궁천의 공격은 한 번에서 그치지 않았다.

퍼버버벅!

그는 풍단의 어깨와 가슴, 옆구리, 허벅지를 손과 발로 직접 두들겨 주었다.

그의 장력과 주먹이 허공을 격한 채 풍단을 두들길 때마다 강풍에 휘날리는 깃발처럼 온몸이 흔들렸다.

푸억!

결국 입에서 피를 분수처럼 뿜어낸 풍단의 몸이 바람 빠진 포대처럼 널브러졌다.

"대주!"

뒤늦게 혈운대 무사 셋이 그를 구하기 위해서 북궁천을 공격했다.

북궁천은 그들을 보지도 않고 북두패왕권을 휘둘렀다.

떠더덩!

달려들던 혈운대 무사 셋이 철벽에 부딪친 것처럼 뒤로 튕겨 나갔다.

혈맥이 터져 나간 그들은 피를 게우며 바닥을 기다가 얼굴을 땅바닥에 처박았다.

북궁천은 격전의 중앙에 오연히 서서 주위를 둘러보았다.

싸움이 벌어진 지 얼마 되지 않았는데도 동마방 무사 중 서 있는 자는 반도 되지 않았다.

그나마 멀쩡한 동마방 무사 대부분도 전의를 상실한 채 우왕좌왕하며 눈치만 봤다.

그 때 누군가가 소리쳤다.

"후퇴해! 돌아간다!"

동마방 무사들은 기다렸다는 듯 일제히 어둠 속으로 도주

했다.

그들 중 누구도 바닥을 기고 있는 풍단을 챙겨 가지 않았다.

북궁천은 북혈회 무사 하나가 칼을 들고 그에게 다가가자 차가운 목소리로 말하며 돌아섰다.

"그냥 놔둬. 개밥으로 쓰라고 살려 둔 거니까."

그는 그때까지만 해도 '개밥'이라는 말을 악동초에게 맞아 죽을 거라는 뜻의 은유적인 표현 정도로 알았다.

잠시 후.

북혈회 무사들은 영월루 일대에 널브러져 있는 시신을 치우고 부상자를 한쪽으로 옮겼다.

바닥을 기던 풍단은 사력을 다해서 겨우 그곳을 벗어났다. 그가 떠나가도 북혈회 무사들은 신경 쓰지 않았다.

그 즈음, 북궁천 일행과 연소랑, 북혈회 간부 둘, 호양곽이 영월루 이 층에서 마주앉았다.

"이제 어떻게 할 거야? 동마방이 가만있지 않을 텐데?"

연소랑이 긴장감 역력한 표정으로 물었다.

감당하기 힘들 정도로 큰일이 단천 일행이 오자마자 연이어 터졌다. 어차피 곪은 종기가 때맞춰서 터진 것일 수도 있지만, 어쨌든 그 중심에 단천 일행이 있는 것은 부인할 수 없는 사실이었다.

그녀만이 아니라 북혈회 간부 둘도 안색이 잔뜩 굳어 있었다. 삼십 대 중반인 그들은 혈검당의 당주 전대강과 일향주 진추였다.

그들은 사실 북궁천 일행에 대한 소문을 듣고도 반신반의했다. 그러나 지금은 소문이 사실이라는 것을 믿어 의심치 않았다.

'씨발, 풍단을 그렇게 개박살 내다니.'

'어디로 이런 놈들이 나타난 거지? 새파란 놈들이 뭐 이리 강해?'

하지만 좀 전의 싸움만으로 동마방을 평가할 순 없었다.

동마방은 고수 몇 명이 합류했다고 해서 막을 수 있는 세력이 아닌 것이다.

그럼에도 북궁천은 지금도 걱정되지 않는 표정으로 담담히 말했다.

처음부터 생각하고 있었다는 듯.

"곧 서마련과 남패령도 이곳에서 벌어진 일을 알게 될 거다. 그쪽에 사람을 보내서 함께 동마방을 상대하자고 해."

"그들이 도와줄 거라고 생각해?"

"당장 도와주진 않겠지만 무작정 마다하지도 않을 거다. 아마 어떻게 하는 게 이익인지 저울질하면서 사태를 관망하겠지. 어느 쪽이 망하든 자신들로서는 손해 볼 게 없으니까."

"그런데 왜 그들에게 도움을 청해?"

"우리도 손해 볼 게 없으니까. 우리가 그들에게 도움을 요청했다는 걸 알면 동마방도 그들을 신경 쓸 수밖에 없을 거다."

"그건 그러네."

"그리고 그들이 우리를 돕지 않는다 해도, 동마방과 우리가 정말로 전면전을 벌이면 그 틈을 이용해서 이익을 취하려 할 거야. 이러나저러나 동마방으로선 우리 쪽에 전력을 투입할 수 없는 상황이 되는 거지."

연소랑은 끄덕끄덕 고개를 주억거리고 조금 걱정스런 표정으로 말했다.

"좋아, 단천의 말이 옳다고 해. 그런데 남패령주 적주원은 힘만 앞세우는 자이니 걱정할 게 없지만, 서마련주 홍무수는 웃는 얼굴로 사람을 죽이는 정말 무서운 자야. 잘못하면 도와준다고 해 놓고 거꾸로 우리를 삼키려 할지 몰라."

"내가 있으니 그렇게 되진 않을 거다. 그리고 그런 걱정은 그때 가서 해도 돼."

자신만만한 말투. 광오하게 들릴 정도다.

그럼에도 연소랑은 그의 말을 들으니 불안감이 많이 가셨다.

"알았어. 그럼 되든 안 되든 사람을 보내서 도움을 요청할게."

그녀는 단천 일행이 싸우는 걸 보고 나서야 어제의 일이 우연이 아님을 확실히 알게 되었다.

이들이 북혈회에 있는 이상 남패령이나 서마련도 함부로 할 수 없을 것 같았다.

오늘의 북혈회는 어제와 다른 것이다.

'이러다 정말 아침에 말한 대로 되는 거 아냐?'

그 때 혈검당주 전대강이 불쑥 물었다.

"동마방이 앞뒤 가리지 않고 우리만 집중적으로 공격해 오면 어떡할 거요?"

북궁천이 무심하게 가라앉은 눈빛으로 답을 내놓았다.

"걱정 마쇼. 동마방의 거점을 한두 군데 흔들어 놓으면 놈들도 함부로 움직일 수 없을 테니까. 양곽, 악동초에게 충격을 줄 수 있는 적당한 곳을 알고 있으면 말해 봐라."

第三章
상부상조(相扶相助)

"할 말 있으면 해 봐."

악동초는 주저앉아 있는 풍단을 보며 냉랭히 말했다.

"죄, 죄송합니다, 방주. 놈들이 그렇게 강할 줄은 생각도 못 했습니다."

풍단은 그 와중에도 호양곽과 흑운대를 물고 늘어졌다.

"놈들이 미리 나와서 요소요소를 지키고 있었던 걸 보면, 흑운대가 본 방의 움직임을 저놈들에게 알려 준 것 같습니다."

"죽일 놈들!"

"호양곽이 방주께서 자신의 배신을 눈치채면 죽일지 모른다는 걸 알고 지시를 내렸을 겁니다, 방주."

"그래, 그럴지도 모르지. 호양곽이 겉으로 보면 머리를 쓰지 않는 것 같지만, 사실 제법 잔머리를 잘 쓰거든."

"이 기회에 북혈회를 쓸어버리는 게 어떨지……."

"나도 그럴 생각이다. 두 번이나 당하고도 참으면 남들이 나를 병신 취급할 테니까."

"현명하신 생각입니다, 방주. 저도 빨리 몸을 추스르고……."

풍단은 혼신의 힘을 다해서 악동초의 기분을 맞춰 주었다.

악동초가 그를 내려다보았다.

눈초리가 약간 치켜 올라간 두 눈에서 스산한 살기가 흘러나왔다.

"너는 신경 쓸 것 없다."

"방주……."

"방도를 칠십 명이나 죽이고 온 놈이 설마 살 생각을 한 것은 아니겠지? 더구나 팔다리 부러진 병신이 뭘 어떻게 도와 줘?"

"하, 하지만 저는 최선을……."

풍단의 몸이 덜덜 떨렸다. 목소리도 떨려서 잘 나오지 않았다.

그 때 악동초가 튕기듯이 땅을 박차더니 풍단을 걷어찼다.

퍽!

"크억!"

붕 날아가서 떼굴떼굴 굴러간 풍단은 안간힘을 다해 정신을 차리고 상체를 세웠다.

악동초는 더 이상 그를 상대하지 않았다.

"중문."

뒤에 서 있던 삼십 대 중반의 무사가 슬쩍 고개를 숙였다. 그는 악동초의 호위를 책임진 단혼절수(斷魂切手) 노중문이란 자였다.

"예, 방주."

"이 병신 새끼를 호견(虎犬) 우리에다 처넣어서 오랜만에 사람고기 맛 좀 보게 해 줘라."

풍단이 부들부들 떨며 악을 쓰듯 외쳤다.

"바, 방주! 살려 주십시오! 저는 최선을 다했습니다! 한 번만 봐주시면 혼을 바쳐서 충성을 하겠습니다!"

악동초는 그의 절규에 냉랭히 답했다.

"밤이 지나가기 전에 호가 놈도 잡아서 넣어 줄 테니까, 너무 억울해하지 마."

*   *   *

"저기가 환금장(歡金莊)입니다."

호양곽이 어둠침침한 건물 하나를 가리켰다.

이 층으로 된 건물은 상당히 컸다. 그 안쪽으로도 건물이 이어져 있었는데 경비가 제법 삼엄했다.

"겉으로는 평범한 곳처럼 보이지만 안쪽에 인신매매를 하는 시설과 도박장이 있습니다. 동마방의 가장 큰 자금줄 중 하나지요."

골목 안, 어둠 속에서 환금장을 바라보는 북궁천의 눈빛이 싸늘해졌다.

도박장이야 그러려니 했다. 문제는 인신매매를 한다는 것이다.

"건물에 대해서 자세히 설명해 봐. 어디가 도박장이고 어디가 인신매매장인지."

호양곽은 손으로 건물을 가리키며 도박장과 인신매매장의 위치를 알려 주었다.

건물의 배치가 간단해서 찾는 것은 어렵지 않을 듯했다.

설명을 다 들은 북궁천은 호양곽을 직시했다.

"당신도 인신매매에 관여한 적 있어?"

"제가 악동초의 사업 중 가장 싫어하는 곳이 바로 저곳입니다. 술이나 여자, 도박은 그러려니 할 수 있지만, 인신매매는 사람이 할 짓이 아닙니다. 최근 그 일로 인해서 악동초와 말다툼한 적이 있지요."

"다행이군. 그 일에 관여된 자는 누구를 막론하고 용서치 않을 생각인데 말이야."

호양곽이 흠칫하며 몸을 떨었다.

그 때 북궁천의 입에서 한겨울 찬 서리보다 더 차가운 목소리가 흘러나왔다.

"인신매매장 안에 있는 자들 중 팔려 온 사람 외에는 모두 죽여라. 살려 둘 이유가 없으니까. 그럼 가 볼까?"

골목을 나선 북궁천 일행은 환금장을 향해 신형을 날렸다.

그들이 담장을 넘어가자 경비를 돌던 자 몇이 그들을 발견하고 소리쳤다.

"웬 놈들이냐?"

대답 대신 섬뜩한 검광 도광이 허공을 갈랐다.

경비무사 넷이 제대로 저항도 못 해 보고 쓰러졌다.

"여기가 어딘 줄 알고…… 으악!"

"침입자다!"

고함과 비명이 어둠 속에 울려 퍼지자 사방에서 무사들이 달려 나왔다.

북궁천 일행은 조금도 망설이지 않고 손을 썼다.

손을 쓰면서 고민할 필요가 없었다. 장원 안의 무사는 모두 적이니까.

그들은 달려드는 자들을 베어 넘기며 호양곽이 설명해 준 도박장과 인신매매장으로 향했다.

그 시각.

지하 깊숙한 곳에서는 열띤 경매가 이루어지고 있었다.

"오십 냥!"

"육십 냥!"

"난 팔십 냥."

"귀찮군. 여기 백 냥!"

백 냥이 나온 후 한동안 장내가 조용해졌다.

매매 책임자인 남동사는 미소를 지으며 백 냥을 부른 곳을 손으로 가리켰다.

"칠호실에서 백 냥을 부르셨습니다. 또 없습니까?"

그가 서 있는 곳은 삼십 평가량의 원형 지하광장 한가운데였다.

밝은 불빛 아래에서는 반라의 여인이 사시나무처럼 몸을 떨고 있었다. 나이는 스무 살 전후. 하얀 피부가 백옥처럼 맑고 얼굴이 아름다워 욕망에 물든 남자들의 눈을 현혹하기에 충분한 여인이었다.

원형 광장을 중심으로 벽에는 열두 개의 석실이 있었고, 어두운 석실의 입구에는 안을 볼 수 없게끔 주렴이 쳐져 있었다.

액수를 부른 자들은 그 안에서 주렴 사이로 상품을 관찰한 후 금액을 정했다.

"자, 다시 한 번 보십시오."

남동사가 고개를 숙이고 있는 여인의 머리채를 잡고 강제로 젖혀서 얼굴을 밝은 불빛 아래 드러냈다.

그것만으로는 부족하다 생각했는지 여인이 입고 있던 얇은 옷을 쭉 잡아 찢었다.

적당한 크기의 가슴과 군살 없는 하얀 배가 드러났다. 그리고 배에 걸친 옷자락 사이로 곱게 자란 방초가 보일 듯 말 듯했다.

그 모습을 보고 석실 안 여기저기서 침을 삼키는 소리가 들렸다.

곧 새로운 금액이 나왔다.

"백이십 냥!"

"백삼십 냥!"

"백오십 냥 내겠소!"

칠호실에서 백오십 냥이 나오자 다시 장내가 조용해졌다.

남동사는 열을 셀 때까지 기다린 후 석실을 둘러보았다.

"더 없습니까?"

누구도 그 이상의 금액을 부르지 못했다.

"좋습니다. 그럼 칠호실 손님에게 넘기도록 하겠습니다."

그 말이 떨어지자마자 무사 하나가 광장으로 들어서더니 여인을 끌고 나갔다.

남동사는 옷 한 번 찢은 것으로 오십 냥을 더 챙기고 석실을 둘러보았다.

"이번에는 진짜 고심해서 금액을 정하시기 바랍니다. 저희 환금장이 사업을 시작한 이래로 가장 뛰어난 상품이 들어왔습니다. 아마 보시면 제가 왜 이런 말을 하는지 이해하실 겁니다."

그는 손님들의 호기심을 잔뜩 끌어 올리고는 여인을 끌고 나간 쪽을 바라보았다.

"데려와라."

그의 말이 떨어진 직후 무사 하나가 여인을 끌고 광장으로 들어섰다.

얇은 녹의를 입은 그녀는 이제 십칠팔 세 정도의 소녀였다. 그녀가 밝은 불빛 쪽으로 힘겹게 걸어올 때마다 석실 안에서 감탄성이 터져 나왔다.

"오오오, 진짜 멋지군."

"굉장한데?"

"어디서 저런 계집이……!"

"으으음, 이거 앞전에 괜히 샀군."

그사이 녹의소녀가 중앙에 섰다.

적당한 키에 잡티 하나 없는 백옥 같은 피부, 허리는 한 줌밖에 되지 않을 것 같으면서도 탄력이 살아 있는 가슴은 한 손에 가득 찰 듯했다.

거기다 커다란 눈과 긴 눈썹, 적당히 살이 오른 볼과 붉은 입술, 오뚝한 코 등 균형을 이룬 얼굴은 눈을 떼기 힘들 만큼 아름다웠고, 특히 파르르 떠는 눈은 보는 것만으로도 욕망이 솟구칠 정도였다.

남동사는 그녀를 잡고 천천히 한 바퀴 돌았다.

"얼굴과 몸매만 아름다운 게 아닙니다. 목소리는 꾀꼬리가 우는 것 같고, 걸음걸이로 봐서 밤에 남자를 천당으로 열두 번 보내고도 남을 계집입니다."

석실 안의 손님들 눈빛이 욕망으로 물들어 가는 게 보이는 듯했다.

한 바퀴 돌고 멈춘 그는 소녀에게서 두어 걸음 떨어진 후 미소를 지으며 입을 열었다.

"은자 삼백 냥부터 시작하겠습니다."

그 즉시 석실 안의 손님들이 앞 다투어서 금액을 불러댔다.

"삼백오십!"

"난 삼백칠십 냥!"

"삼백팔십 냥!"

가격이 쉬지 않고 올라가며 순식간에 사백 냥을 넘어섰다.

이대로 올라가면 금방 오백 냥을 넘길 듯했다.

바로 그 때, 지금까지 한 번도 나서지 않았던 구호실에서 나직한 목소리가 들렸다.

"천 냥."

지하광장이 갑자기 고요해졌다.

계집 하나에 은자 천 냥이라니!

남동사조차 놀라서 구호실을 바라보았다.

그는 오백 냥에서 칠백 냥 사이를 생각했다. 그 정도만 해도 지금까지 팔린 계집 중 가장 비싼 가격이라 할 수 있었다. 그런데 천 냥이라고?

그는 자신이 잘못 들은 것이 아닌가 하는 마음에 되물어보았다.

"천 냥이라 하셨습니까?"

"물론이다."

남동사의 미소가 짙어졌다. 오십 냥에 사 온 계집을 천 냥에 팔면 이득이 얼마란 말인가?

"더 없습니까?"

그래도 그는 혹시 하는 마음에 다시 물어보았다. 하지만 어느 누구도 그 이상을 부르진 못했다.

그는 시간을 더 끌지 않고 결정을 내렸다.

"좋습니다. 그럼 이 계집은……."

그런데 그가 말을 다 내뱉기도 전, 출구 쪽에서 소란스런 소리가 들렸다.

미간을 찌푸린 그는 고개를 돌려 출구가 있는 계단을 바라보았다.

"무슨 일인데 이리 소란이냐?"

출구 쪽 계단에서 무사 하나가 내려오더니 다급한 표정으로 말했다.

“수상한 자들이 침입했다고 합니다, 당주!”

“뭐야? 대체 어떤 놈들이 겁도 없이 이곳을 공격한단 말이냐?”

“잘 모르겠습니다. 이미 도박장 쪽은 아수라장이 되었습니다.”

“이런 빌어먹을! 뭐 해? 빨리 나가서 놈들을 막아!”

그 때였다.

쾅!

천둥소리와 함께 출구의 철문이 통째로 떨어져서 계단 밑으로 굴러떨어졌다.

남동사는 그제야 심상치 않은 일이 벌어졌음을 알고 수하들을 향해 다급히 소리쳤다.

“손님들을 비상통로로 대피시켜라! 어서!”

그런데 석실 안쪽에서도 굉음이 울렸다.

쿠궁!

뒤이어 냉랭한 목소리가 북풍한설처럼 지하광장을 휘몰아쳤다.

“인간이기를 포기한 자들은 누구도 이곳을 나가지 못한다.”

남동사가 악을 쓰듯이 외쳤다.

“놈을 잡아!”

무사 셋이 목소리가 들린 출구 쪽 계단 위로 올라갔다.

퍼버버벅!

"크억!"

"으아악!"

비명이 연이어 터져 나오는가 싶더니 무사들이 계단 위에서 굴러떨어졌다.

그뿐이 아니었다. 뒤쪽에서도 비명과 겁에 질린 목소리가 터져 나왔다.

"아, 안 돼!"

"으악!"

"사, 살려 줘!"

그 와중에도 간간히 호통 치는 소리가 들렸다.

"이놈! 내가 누군지 알고 칼을 겨눈단 말이냐!"

비상통로로 들어온 사람은 냉호와 철교신이었다.

냉호의 도와 철교신의 창은 어느 때보다 무정했다. 상대가 말단 무사든 고위 관리든 따지지 않았다.

그들은 오직 마제의 명령에 따라서 지하에 있는 자들의 숨통을 끊었다.

그사이 북궁천이 지하광장 바닥에 내려섰다.

남동사는 여전히 광장 중앙에 서 있고, 부들부들 떨던 소녀는 한쪽 구석으로 도망가서 쪼그리고 앉아 있었다.

남동사가 그를 보고 악을 쓰며 수하들을 다그쳤다.

"저놈을 죽여라!"

남아 있던 무사 셋이 북궁천을 향해 달려들었다.

북궁천은 묵혼을 빼며 허공을 가볍게 그었다.

쉬아아악!

"크억!"

"케엑!"

무사들은 그에게 접근도 못 해 보고 혼이 달아났다.

남동사는 파랗게 질린 안색으로 주춤주춤 물러섰다.

셋의 합공은 자신조차 감당하기가 쉽지 않다. 그런데 손 한 번 쓰지 못하고 일검에 죽어 버리다니!

상대는 그가 생각한 것보다 훨씬 더 무시무시한 고수였다.

'으으으, 도대체 저놈이 누군데⋯⋯.'

그 때 석실에 있던 사람들이 광장으로 뛰어나왔다. 뒤쪽 비상통로로 도망칠 수 없다는 설 안 그들온 환한 불빛에 마지막 희망을 품었다.

고급스런 의복이 환한 불빛에 드러나서 자신들이 범상치 않은 신분이라는 것을 알면 살려 줄지도 모르는 것이다.

"나는 정가장의 주인인 정만채라고 한다! 나를 살려 주면 은자 천 냥을 주마!"

"본인은 성주의 조카니라! 나를 죽이면 너희도 성치 못할 것이다!"

"포정사사가 내 친구네! 살려 주게나! 살려만 주면 은자를 원하는 대로 주겠네."

그들은 자신들의 신분을 한껏 포장하며 위협도 하고 사정
도 하며 살길을 도모했다.

그러나 북궁천은 그에 대한 대답으로 검을 휘둘렀다.

"너희들은 살 자격이 없다!"

사정하던 자들의 눈이 튀어나올 것처럼 커지고, 목에서 피
가 튀었다.

"끄어어억!"

"으으으, 아, 안 돼……."

남동사가 그 틈을 노려서 출구 쪽으로 몸을 날렸다.

북궁천은 그를 쳐다보지도 않고 좌수를 뻗어 건곤패력장
을 펼쳤다.

남동사는 가공할 경력이 밀려들자 황급히 몸을 틀며 쌍장
을 뻗어서 대응했다.

'반탄력을 이용해서 빠져나가자!'

그는 짧은 순간에 나름대로 잔머리를 굴렸지만, 건곤패력
장은 그가 이용하기에 너무 강력했다.

쾅!

"쿠억!"

달려가던 남동사의 몸뚱이가 옆으로 튕기더니 석벽에 처박
혔다. 두 손은 부러졌는지 괴이하게 꺾여서 흔들거렸다.

북궁천은 남동사를 처박아 버리고 상단에 구(九) 자가 음
각으로 파여 있는 석실을 바라보았다.

"그만 나오시지."

"험."

헛기침 소리가 나고 주렴이 걷히더니 고급 비단옷을 입은 사람이 걸어 나왔다. 턱이 뾰족하게 빠진 오십 대 중노인이었다.

중노인은 사람이 죽어 나자빠진 상황을 보고도 태연히 걸어 나오며 쓴웃음을 지었다.

"일이 이상하게 됐군."

북궁천은 중노인을 보며 눈살을 찌푸렸다.

이런 곳에서 인신매매를 하며 여인을 탐하는 자라면 악기나 음기가 성한 게 일반적이다. 그런데 중노인의 눈빛이나 몸 어디에서도 그런 느낌이 들지 않았다.

그뿐이 아니다. 중노인의 내부에는 매우 강한 기운이 고여 있다.

물론 그렇다고 해서 그냥 놓아줄 마음은 조금도 없었다.

"이상하긴 뭐가 이상해? 다 늙어서 인간이기를 포기했으니 지옥에 가면 염라대왕이 반겨 줄 거야."

북궁천은 차갑게 말하며 중노인을 향해 걸음을 옮겼다.

"아아, 잠깐만 기다리게."

중노인이 손을 들어서 그를 제지했다.

그러나 북궁천은 쓸데없이 시간을 끌고 싶지 않았다.

성큼, 앞으로 걸음을 내디딘 그는 묵혼을 앞으로 뻗고 흔들었다.

"이야기는 저승에 가서 하시지!"

"이런!"

대경한 중노인은 뒤로 물러서며 급히 두 손을 휘둘렀다.

순간적으로 허공에 만발한 수영이 묵혼을 휘감았다.

떠더덩!

북치는 소리와 함께 묵혼의 전진이 막혔다.

그 대가로 중노인은 몇 걸음 더 물러선 후 눈을 부릅떴다.

안색이 창백해진 그는 경악을 감추지 못했다.

"대단한 검이로구나!"

"당신도 제법이군. 그래서 태연했나? 하지만 그 정도로는 내 손을 벗어날 수 없어."

그 때 한쪽 석실에서 냉호와 철교신이 나왔다. 비상통로로 도망치려던 자들을 모두 처리한 듯했다.

"제가 처리할까요?"

냉호가 중노인을 바라보며 말했다.

"됐어."

북궁천은 고개를 젓고는, 구석에 쪼그리고 앉아 있는 소녀를 턱짓으로 가리켰다.

"냉호는 저 꼬마에게 물어봐서 다른 사람들이 어디 있나 알아보고, 교신은 밖으로 나가서 추람을 도와줘."

"예, 대형."

철교신은 밖으로 뛰어나가고, 냉호는 소녀를 바라보았다.

"너 말고도 다른 사람들이 있지? 어디 있는지 말해 봐라."

소녀는 벽을 짚고 겨우 몸을 일으켰다. 사람이 죽어 나가는 광경을 보고도 그 정도라도 움직일 수 있는 것은 그녀의 정신력이 그만큼 강하다는 말이었다.

그녀는 떨리는 손을 들어서 구석진 곳의 석실을 가리켰다.

"저, 저 안에 있어요."

냉호가 그곳으로 걸음을 옮기자, 북궁천도 결말을 맺기 위해서 중노인을 향해 묵혼을 들어 올렸다.

"이제 끝내지."

"잠깐만 기다리게."

"그럴 시간이 없어. 개떼들이 몰려오면 귀찮아지거든."

북궁천은 더 지체하지 않고 중노인을 공격했다.

후우웅!

다급해진 중노인은 전력을 다해서 두 손을 휘두르며 북궁천의 공세를 차단했다.

쿠르르릉! 콰광!

두 사람의 기운이 정면으로 부딪치면서 지하광장이 웅웅거리며 금방이라도 무너질 것처럼 진동했다.

천장에서는 부서진 돌이 떨어지고 기둥이 흔들렸다.

중노인의 무공이 생각했던 것보다 더 강해서 북궁천은 공력을 칠성까지 끌어 올려야 했다.

삼사 초가 흐르는 사이 중노인은 얼굴이 백짓장처럼 창백해진 채 구석으로 몰렸다.

"내 말 좀……."

그는 할 말이 많았지만, 북궁천의 공격이 어찌나 강력한지 입을 열 틈도 없었다.

그런데 북궁천이 마지막 공격을 앞두고 차가운 눈빛으로 응시하며 말했다.

"변명은 염라대왕 앞에 가서 해."

중노인은 그 잠깐의 시간을 놓치지 않았다. 속에서 피가 역류하는 것 같았지만 이번 기회를 놓치면 영원히 말할 수 없을 듯했다.

"내가 여기 온 것은 목적이 있어서네."

"당연히 그러겠지. 여자를 사려고 했을 테니까."

북궁천은 냉소를 지으며 강기가 서린 묵혼을 사선으로 들어 올렸다.

중노인은 가슴이 답답해서 미칠 것 같았다.

"그게 아니네. 화산에서……."

공격하려던 북궁천이 멈칫했다.

"화산?"

"화산파의 장로들이 부탁해서 온 거네."

중노인은 그 정도 말을 했으면 북궁천이 손을 멈추고 자신의 말을 경청할 거라 생각했다.

그러나 북궁천은 오히려 눈을 치켜뜨고 이를 갈았다.

"화산파의 장로들이 여자를 부탁했단 말인가? 이 때려죽일 말코들이! 어떤 도사 나부랭이가 부탁한 거지?"

"그게 아니라니까!"

"아니긴 뭐가 아니야? 화산파의 장로가 여자를 부탁했다면서?"

"누가 여자를 부탁했다고 했나?"

"그럼? 남자를 사러 왔나? 이 늙은이들이 정말 미쳤군!"

중노인은 북궁천이 무슨 생각을 하는지 짐작하고 허탈감에 힘이 빠졌다.

"허, 허, 허. 미치겠군."

"나이가 들면 곱게 죽을 것이니 말이야, 어디서……."

"혹시 진평천이라는 이름을 들어 보았나?"

"진평천?"

북궁천의 미간이 좁혀졌다. 언젠가 들어 본 이름 같았다.

"섬서제일수인지 뭔지 하는 화양일수(華陽一手) 진평천?"

"내가 그 사람이네."

"당신이 진평천이라고? 어이가 없군. 당신 같은 사람이 화산파 장로와 어울려서 이런 짓을 하다니."

중노인, 진평천은 귓구멍에서 연기가 날 것 같았다.

"맞아! 정말 어이가 없는 일이지. 인신매매하는 자들이 있다는 소문을 듣고 때려 부수러 왔다가, 말귀가 꽉 막힌 젊은 놈에게 걸려서 머리가 터져 죽게 생겼으니 말이야!”

북궁천은 진평천을 노려보았다.

그는 진평천의 말뜻을 모를 정도로 멍청하지 않았다.

상황이 상황이다 보니 잠깐 흥분하긴 했지만.

“이곳을 때려 부수러 왔다고?”

“그랬지.”

“그런데 왜 구경만 하고 있었지? 때려 부술 거면 진즉 때려 부쉈어야지.”

“화산파에서 몇 사람이 오기로 했네. 그들이 밖을 공격하면 그때 움직일 생각이었지.”

처음에는 북궁천 일행이 자신의 일행인 줄 알았다.

그런데 엉뚱한 사람이 들어오는 게 아닌가?

그래서 석실 안에 머물며 돌아가는 상황을 지켜보고 있던 중 북궁천이 불러내서 나온 것이었다.

북궁천은 그제야 조금 전 진평천이 한 말을 이해했다.

어쩐지 악기나 음기가 느껴지지 않는다 했더니…….

그는 머쓱함을 감추기 위해 도리어 강하게 나갔다.

“그럼 처음부터 그렇게 말할 것이지, 왜 아무 말도 안 한 거요? 하마터면 진짜 죽일 뻔했잖수?”

진평천은 진짜로 머리가 터질 뻔했다.

언제 기회를 줬나? 빨리 죽이지 못해서 안달한 사람이 누군데!

“자네가 말할……!”

“그 일은 나가서 이야기합시다. 어이, 냉호. 몇 명이나 돼?”

북궁천은 들을 것도 없다는 듯 고개를 돌리고 냉호를 불렀다.

“열한 명입니다, 대형.”

“데리고 나가자. 지금쯤은 밖이 다 정리되었을 거야.”

그러고는 진평천을 돌아다보았다.

“왜 그러고 계십니까? 안 나갈 거요? 저한테 당한 것 때문에 움직이기 힘듭니까?”

진평천의 뾰족한 턱이 부들부들 떨렸다.

‘뭐 이런 놈이…….’

밖은 이미 정리가 끝난 상태였다.

환금장에 있던 동마방 무사 육십오 명 중 살아서 도망친 자는 한 손으로 꼽을 정도였다.

장추람과 철교신, 북풍사객과 호양곽은 냉호가 열한 명의 여인을 데리고 밖으로 나가자 우르르 몰려들었다.

그러다 북궁천과 함께 나오는 진평천을 보고 의아한 표정을 지었다.

특히 철교신은 북궁천이 당연히 그를 죽일 줄 알았기에 살려 준 이유가 궁금했다.

"대형, 그자는 왜 살려 둔 겁니까?"

"우리와 비슷한 목적으로 들어왔다는군. 인신매매장을 부수려고 말이야."

"정말이랍니까? 목숨을 건지려고 거짓말하는 것은 아니고요?"

"본인이 진평천이라는군. 사실이라면 거짓말한 것은 아니겠지."

철교신은 진평천이라는 이름을 알지 못했다.

"처음 들어 보는 이름인데요?"

"나도 이름만 들어 봤는데, 화양일수라고 제법 유명한 양반이야."

옆에서 두 사람의 대화를 듣던 진평천은 몸이 잘게 떨렸다.

그가 언제 이런 경우를 당해 본 적이 있던가?

그렇다고 해서 따지자니 지하에서 된통 당한 일이 떠올라서 그럴 수도 없었다. 자칫하면 여러 사람 앞에서 창피를 당할지도 모르는 것이다.

'끄응, 내가 어쩌다가……'

다행히 북궁천이 적절한 순간에 말을 돌렸다.

"놈들이 몰려오기 전에 영월루로 가자. 그런데 어깨의 그건 뭐지?"

북궁천이 물으며 장추람의 어깨를 바라보았다.

장추람뿐만이 아니라 북풍사객도 작은 포대를 어깨에 메

고 있었다.

"이거요? 호 형이 금고 있는 곳을 알려 줘서 쓸어 담았죠."

"그래? 잘했군. 먹여 살릴 사람도 많이 늘었는데."

'려려가 다른 곳으로 가서 살자고 하면 많은 돈이 필요할 거야……'

북궁천은 흐뭇한 표정으로 고개를 끄덕이고 진평천을 바라보았다.

"우리는 지금 떠날 건데, 안 가실 거요?"

진평천은 북궁천 일행에 대해서 무척이나 궁금했다. 그런데도 두말 않고 작별을 고했다. 함께 있으면 진짜로 머리가 터질지 몰랐다.

"걱정 말게, 갈 거니까."

북궁천 일행이 떠난 지 반 각도 안 돼서 악동초가 동마방 무사들을 데리고 달려왔다.

그는 환금장을 시뻘겋게 물들인 시신을 보고 분노에 치를 떨었다.

그리고 지하의 인신매매장을 확인하고 망연자실했다.

"맙소사! 어떤 죽일 놈들이……!"

남동사를 비롯한 동마방 무사들의 죽음이 문제가 아니었다.

그곳에서 죽은 사람 중에는 관의 고위 관리와 연관된 자들이 셋이나 되었다.

만약 그들이 인신매매를 하기 위해 이곳에 왔다가 죽은 게 알려지면 좋을 게 없었다.

고위 관리들이 자신의 치부를 숨기기 위해서 황궁의 군을 움직일지 몰랐다. 그것이야말로 최악의 결과였다.

그는 시신을 철저히 파묻어서 그들이 환금장에 온 것을 숨기기로 했다.

한편 환금장에서 이십여 장 떨어진 골목.

북궁천 일행이 지켜보던 그곳에서 다섯 사람이 환금장을 바라보았다.

"일이 이상하게 흐르는군. 진 노사께선 어떻게 되신 거지?"

"그분은 무사하실 겁니다, 사형. 동마방 따위가 그분을 어떻게 하겠습니까?"

"그건 그러네만. 대체 누가 우리보다 한 발 앞서서 저곳을 공격했는지 모르겠군."

"누가 했든 악독한 자들을 제거했으니 우리로선 나쁠 게 없지요."

"그거야 그렇지. 일단 주위를 둘러보세. 어디선가 우리를 찾고 계실지 모르니까."

그 때 어디선가 진평천의 침울한 목소리가 들렸다.

“이쪽으로 오게나.”

＊　　＊　　＊

텅!

포대를 내려놓자 탁자가 부서질 것처럼 울렸다.

포대는 모두 다섯 개였다. 크기는 사람 머리통만 했지만 그 무게는 같은 크기의 돌덩이보다 무거웠다.

북궁천은 포대를 벌려 보고 혀를 내둘렀다.

“이게 얼마야?”

“보이는 대로 담아서 왔습니다. 동전은 아예 건들지도 않았죠.”

장추람이 말하며 포대에서 은자를 한 수벅 집어 들었다.

환금장은 도박과 인신매매를 하는 곳, 돈이 넘쳤다. 돈이 목적은 아니었지만 놓아두고 오는 것은 바보나 할 짓이었다.

“그 정도 자금이 비면 동마방도 타격이 클 거예요. 그런데 그 돈을 어떻게 하실 거죠?”

연소랑이 눈빛을 빛내며 물었다.

북궁천은 깊게 생각할 것 없다는 듯 단순하게 대답했다.

“일단 네가 가지고 있어. 꿀꺽할 생각은 꿈에도 하지 말고.”

“흥, 못 믿겠으면 맡기지 마요.”

연소랑으로선 튕길 만했다. 어차피 북궁천 일행은 그 돈을 들고 다닐 수 없을 테니까.

북궁천도 모르지 않았다. 하기에 그쯤에서 화제를 돌렸다.

"서마련과 남패령에는 사람 보냈어?"

"지금쯤 도착했을 거예요."

"좋아, 그럼 한 곳 더 쳐서 악동초의 혼을 빼놓아야겠군."

북궁천 일행은 다시 영월루를 나섰다.

그들이 영월루에서 백여 장 정도 멀어졌을 때 누군가가 어두운 골목 안에서 나왔다.

"잠깐 이야기 좀 하세."

목소리의 주인은 진평천이었는데, 다섯 사람이 그의 뒤에 서 있었다. 뒤늦게 도착해서 환금장을 지켜보던 자들이었다.

"바쁘니까 짧게 말씀하시죠."

북궁천의 말투가 오만하게 들렸는지 뒤에 서 있던 자들 중 하나가 눈에 힘을 주었다.

"젊은 친구의 말투가 꽤나 건방지군. 진 대협께 그게 무슨 말버릇인가?"

사십 대 중후반 정도의 나이, 등에는 검을 한 자루 매고 있었는데 특별한 특징이 없는 평범한 얼굴의 중년인이었다.

북궁천은 그를 빤히 바라보며 입술을 비틀었다. 지하에서 진평천이 한 말을 떠올린 그는 중년인의 정체를 짐작했다.

“화산에서 오셨나 보군.”

중년인의 눈빛이 찰나간 흔들렸다.

모습을 숨긴다고 숨겼는데 어떻게 안 걸까?

그는 진평천이 화산에 대해서 말했다는 걸 아직 알지 못했
다.

“귀하들하고는 아무런 상관도 없으니 내 말투가 마음에 들
든 안 들든 신경 끄쇼.”

“이 사람이 정말!”

“그만하게, 청인.”

진평천이 쓴웃음을 지으며 중년인을 말렸다.

북궁천은 발끈한 중년인을 상대하지 않고 진평천을 바라
보았다.

“더 할 말 없으시면 가 보겠습니다. 한 건 더 하려면 바쁘
게 움직여야 하니까요?”

“그럼 가면서 이야기할까?”

“그것도 괜찮겠군요. 그런데 먼 곳에 가는 게 아니니 최대
한 간략하게 말씀해 주십시오.”

“그러지.”

“나는 자네가 마도인이 아니라는 걸 아네.”

“뭘 보고 그렇게 생각하신 겁니까?”

“자네가 마도인이었다면 지하에서 나를 죽였을 거야.”

진평천의 말에 화산파 제자들이 눈을 크게 떴다. 그들은 아직 환금장에서 무슨 일이 벌어졌는지 자세한 내막을 듣지 못한 것이다.

"진 대협, 그게 무슨 말씀이십니까?"

"별거 아니네. 환금장 지하에서 이 친구와 싸우다가 죽을 뻔했거든. 정말 강하더군."

자존심이 상하는 이야기일 텐데도 진평천은 아무렇지도 않게 말했다. 다만 오초도 견디지 못했다는 말은 창피해서 도저히 말할 수가 없었다.

"예?"

화산파 제자들은 경악한 표정으로 진평천과 북궁천을 번갈아 보았다.

북궁천은 어깨를 슬쩍 한 번 추켜올리고 정말 별것도 아니라는 듯 담담히 말했다.

"말은 똑바로 합시다. 내가 좋은 사람이어서 안 죽인 게 아니라 귀하가 나쁜 사람이 아닌 것 같아서 안 죽인 거요."

"어쨌든 자네가 마인이라면 절대 나를 살려 주지 않았을 거야. 내가 마인들에게 평이 좀 안 좋거든?"

"그래서 하고 싶은 말이 뭡니까?"

"서로 상부상조하면 어떻겠나?"

"상부상조? 제가 영월루에서 나오는 것 못 봤습니까? 설마 영월루가 북혈회와 연관된 곳이라는 걸 모르고 있진 않겠죠?"

"그랬나? 어쩐지 마도 놈들이 얼쩡거린다 했더니……."

"이제라도 알면 됐습니다. 그럼 바빠서 이만."

북궁천은 그쯤에서 진평천 일행과 헤어지려 했다. 하지만 진평천은 그를 쉽게 놓아주지 않았다.

"북혈회가 그렇게 대단한 곳이었나? 내가 알기로는 자네와 자네 일행을 포용할 정도는 아닌 걸로 아는데?"

"그럴 수도 있죠."

"좋아. 뭐, 자네가 북혈회와 관련되어 있다고 해도 상관없네. 북혈회는 그나마 상주의 마도사파 중에서 제일 평판이 좋은 편이니까. 회주인 연풍척도 아주 악한 자는 아니고 말이야."

"그래 봐야 마도세력입니다."

"자네가 합류한 이상 그렇게 생각할 수만은 없지. 내 생각으로는 뭔가 이유가 있어서 그곳에 들어간 것 같은데. 안 그런가?"

"꽤 끈질기시군. 목적이 뭡니까?"

"어차피 상주는 마도천하가 되었네. 그리고 배후에는 천사교가 있지. 자네는 천사교를 어떻게 생각하나?"

어떻게 생각하긴? 모조리 똥통에 처박아서 삭혀 죽일 놈들이라고 생각하지!

북궁천은 그 말을 간단하게 표현했다.

"죽어도 싼 놈들이죠."

감히 진아를 훔쳐가다니!

진평천은 북궁천에게서 흘러나오는 분노를 느끼고 자신의 생각이 옳았음을 확신했다.

"그럼 이렇게 하지. 다른 일은 서로 상관하지 않고, 천사교를 상대할 때만 상부상조하는 거야. 어떤가?"

"제가 천사교와 싸울 거라고 보십니까?"

"그럴 것 같은데?"

진평천이 북궁천에 대해 확신을 가진 이유는 자신의 눈을 믿기 때문이었다.

인신매매하는 걸 보고 분노해서 상대의 지위 고하를 막론하고 모두 죽인 북궁천이다. 팔려 온 여인들을 상품이 아닌 가련한 여인으로 보던 그다.

심지어 자신조차 눈이 휘둥그레질 정도로 아름답던 반라의 여인을 보고도 측은한 표정을 짓고 있었다.

천하의 어떤 정파 청년이 그토록 정대한 심성을 지닐 수 있단 말인가?

그런 자가 마도인일 리 없었다. 여자를 안겨 줘도 반응이 없는 고자라면 몰라도.

그리고 그러한 사람이라면 천사교의 사악한 짓을 알고도 나 몰라라 하지 않을 것이었다.

진평천의 나이 쉰다섯. 강호 생활 삼십삼 년. 인생을 걸고 내기를 하라면 할 수 있었다.

"내기라도 할까?"

질 게 뻔한 내기. 북궁천은 할 이유가 없었다.

그리고 진평천과의 협조 역시 마다할 이유가 없었다. 넝쿨째 굴러 들어온 호박을 왜 차 버린단 말인가?

"천사교와 싸우는 것만 가지고는 안 됩니다."

진평천은 북궁천이 자신의 제안을 받아들였다는 걸 알고 쾌재를 불렀다.

"그럼? 달리 바라는 거라도 있나?"

북궁천이 저만치 앞을 가리켰다.

청등홍등이 불야성처럼 켜진 커다란 주루가 손끝에 걸렸다.

"저기가 동마방의 중요 지부 중 하나인 화회루입니다. 우린 지금 저곳을 치러 가는 길입니다. 그 일부터 상부상조하죠."

第四章
신월(新月)을 그리는 자

벽성장(壁星莊).

한때 금천장 아래에서 상주의 상권 중 상당 부분을 장악하고 있었으나 지금은 동마방의 총단이 된 곳.

그 중앙의 이 층 전각에는 밤이 늦었는데도 불이 환하게 켜져 있고, 안에서는 분노에 찬 악동초의 목소리가 흘러나오고 있었다.

"북혈회 놈들을 철저히 짓밟아서 본 방을 건드리면 어떤 결과가 나오는지 알려 줘야겠어! 이번 일을 어영부영 넘어간다면 남패령과 서마련이 우릴 비웃을 것이다!"

이를 갈면서 외치는 악동초 앞에는 열한 명의 간부들이 줄

지어 서 있었다.

그리고 그의 옆에는 최근에 영입한 두 명의 마도고수, 쌍혈신이 서 있었다.

사천 광산 일대에서 마신으로까지 추앙받던 그들은 천사교에서 한자리 할까 하고 상주에 왔다가 거금에 눈이 멀어서 동마방에 자리 잡은 자들이었다.

나이가 쉰 전후인 그들은 악동초의 분노가 극에 이르자 거만한 표정을 지으며 한마디씩 했다.

"껄껄껄, 이제야 밥값을 하게 생겼군."

"악 방주, 이 기회에 다른 곳도 쓸어버리는 게 어떻겠는가?"

악동초인들 어찌 그러고 싶지 않을까?

하지만 남패령과 서마련은 쉽지 않은 상대였다. 더구나 그들 역시 상주로 들어온 마도의 절정고수 중 일부를 암암리에 포섭했다는 소문이 있었다.

"두 봉공의 활약을 기대하겠소이다. 남패령과 서마련에 대한 일은 일단 북혈회를 쓸어버리고 나서 생각합시다."

악동초는 두 사람의 기분을 맞춰 주면서 단상을 내려왔다.

그 때 멀리서 고함인지 비명인지 모를 소리가 어렴풋이 들렸다.

"무슨 소리지?"

그가 멈칫하며 청력을 집중한 순간!

덜컹!

문이 부서질 듯이 세차게 열리며 무사 하나가 뛰어 들어왔
다.

악동초는 들어온 자의 표정을 보고 불안감이 엄습했다.

일언반구도 없이 무작정 문을 열고 들어온 사람은 다름 아
닌 순찰 책임자인 마혼대주 이면추였다.

그런데 평소 술을 좋아해서 불그스름하던 얼굴이 회칠을
한 듯 창백했다.

"무슨 일이냐, 이 대주?"

"화화루가 공격받고 있습니다, 방주!"

악동초는 간부와 이백 무사를 이끌고 화화루로 달려갔다.

화화루까지의 거리는 기껏해야 삼백여 장. 벽성장을 나선
그들이 화화루에 도착하기까지는 반의반 각도 걸리지 않았
다.

그러나 그들이 도착했을 때, 불야성 아래에서 환락에 젖어
있어야 할 화화루는 아비규환의 지옥으로 변해 있었다.

화화루를 경비하던 동마방 무사 오십여 명 중 살아남은 사
람은 여섯 명뿐.

악동초는 난장판이 된 화화루를 보며 극한의 분노로 몸을
부들부들 떨었다.

"이 개새끼들이……!"

으드득! 이를 가는 그의 곁으로 이면추가 다가왔다.

"방주, 목격자들 말을 들어 보니 이번에도 그놈들 같습니다. 그런데 숫자가 열두어 명이나 된다고 합니다."

그놈들. 환금장을 뒤집어 놓은 자들을 말하는 것일 터.

악동추는 분노하는 와중에도 빠르게 머리를 굴렸다.

연소랑에게 정신이 팔려 앞뒤 분간을 못 한 적이 있긴 했지만, 반년도 안 되는 사이 동마방을 일으킨 그는 결코 둔한 자가 아니었다.

'이상해, 북혈회에 언제 그런 놈들이 있었지?'

북혈회에 특별한 자들이 가입했다는 보고는 없었다. 그런데 소수에 의해서 동마방의 주요 거점이 연이어 박살 났다.

어떤 놈들일까?

그런 고수가 느닷없이 나타났다는 게 이상했다. 게다가 한둘도 아니고 여덟 명이나 되었다. 아니, 이번에는 대여섯 명이 더 추가되었다.

혹시 동마방을 노리고 남패령과 서마련에서 특별히 파견된 놈들?

하지만 그들이 북혈회를 도와준다는 것도 어폐가 있었다.

어제까지만 해도 서로 못 잡아먹어서 한이던 사이가 아닌가?

하루아침에 손잡고 동마방을 공격할 이유가 없는 것이다.

그 때 문득 어떤 두려운 생각이 떠올랐다.

'혹시 우리 동마방이 너무 갑작스럽게 커지니까 천사교가 견제하려고 고수를 파견한 것 아닐까?'

얼마든지 가능한 이야기다.

상주의 마도세력은 천사교에 직접적으로 속하지 않았다. 천사교 쪽에서 보면 그 점이 건방지게 보일지도 몰랐다. 그래서 간접적으로 자신들의 위대함을 알리기 위해 북혈회를 이용하는 것일 수도 있었다.

악동초로선 먼저 그 점을 확인해 봐야 했다.

"중문."

"예, 방주."

"지금 즉시 금천장으로 가서 어르신을 찾아뵙고, 천사교가 혹시 북혈회에 고수를 파견한 적이 있는지 알아봐."

"알겠습니다, 방주."

악동초는 노중문이 밖으로 나가자 좌측에 서 있는 이면추를 향해 고개를 돌렸다.

"애들을 풀어서 놈들의 일거수일투족을 철저히 감시해."

*   *   *

동마방의 주요 거점이 하룻밤 새 두 군데나 박살 났다는 소문이 순식간에 상주 전역으로 퍼졌다.

가장 놀란 사람은 콩고물이 떨어지기를 기다리고 있던 남패령주 적주원과 서마련주 홍무수였다.

느긋이 구경하다가 동마방의 권역을 은근슬쩍 취하려 했던 그들은 화들짝 놀라서 급히 북혈회로 사자를 보냈다.

뒷짐 지고 있다가 동마방이 진짜 무너지기라도 하면 북혈회를 도와주지 않은 쪽은 곤경에 처할 가능성이 큰 것이다.

연풍척은 앞다투어 달려온 사자를 흐뭇한 표정으로 접견했다.

"흠, 령주와 련주께 고맙다는 말을 전해 주시오."

"하하하, 우리 남패령은 항상 북혈회를 친구처럼 생각하고 있소. 이번에 령주께서 직접 오시려고 했는데 바쁜 일이 있어서 내일이나 오실 거요. 이해해 주시구려."

남패령에서 온 사자가 호탕한 웃음을 터트리며 십년지기처럼 다정하게 말했다. 그는 산혈수(散血手) 화진이란 마도고수로 남패령주의 오른팔이었다.

'항상 친구처럼 생각하기는……'

연풍척은 코웃음이 나왔지만 겉으로는 당연하다는 듯 답했다.

"본인 역시 남패령을 친구처럼 생각하고 있소."

서마련에서 사자로 온 풍마검(風魔劍) 위척세도 지지 않고 친분 유지를 다짐했다.

"저희 서마련도 북혈회와 더욱 돈독한 관계가 되기를 바라고 있소이다, 회주."

"그리 생각해 주신다니 정말 고맙소이다."

"별말씀을. 그보다 동마방에 물을 먹인 친구를 한번 보고 싶군요."

"허허허, 그 친구는 남 앞에 모습 보이는 걸 워낙 싫어해서 이런 자리에는 잘 나오지 않소. 더구나 연속된 싸움으로 운기행공 중이어서 오늘은 보고 싶어도 볼 수 없으니 이해하시구려."

그 시각.

화화루를 뒤엎어 놓고 돌아온 북궁천은 연풍척의 말대로 자신의 방에 있었다.

그러나 운기행공을 하는 것이 아니라 침상에 누워서 상념에 잠겨 있었다.

상주에 들어온 지 하루.

생각보다 진아를 향한 거리가 빨리 줄어들고 있었다.

그러나 아무리 빠르다 한들 그의 마음을 만족시켜 줄 순 없었다.

'동마방을 치고 상주의 마도를 뒤흔들어 놓으면 천사교가 반응을 보일 것이다. 그럴 때 정파연합이 공격해 주면 좋은데.'

그럼 금천장에 침투하는 일이 훨씬 쉬워질 것이다.

진아를 구해 내는 것 역시.

‘려려, 조금만 더 기다려라. 반드시 진아를 구해서 돌아갈 테니까.’

그는 눈을 감고 헌원려려를 떠올렸다.

그런데 하필 그녀의 웃는 모습이 구체적인 형상을 이루어 갈 즈음 밖에서 임표의 목소리가 들렸다.

“대형, 정화문이 찾아왔습니다.”

헌원려려의 모습이 안개처럼 흩어졌다.

‘제길.’

정화문은 쭈뼛거리며 방으로 들어왔다.

팔짱을 끼고 싸늘한 눈으로 바라보는 냉호를 힐끔거린 그는 북궁천 앞까지 다가와서 멈췄다.

북궁천은 헌원려려를 쫓아낸(?) 그를 못마땅한 눈으로 바라보았다.

“무슨 일로 왔소?”

다시 한 번 냉호를 힐끔거린 그가 나직이 되물었다.

“금천장의 건물 배치를 알려는 이유가 뭐요?”

“왜 그걸 궁금해하는 거요?”

“그게……”

“저 친구 때문이라면 걱정할 것 없소. 내 입안에 종기가 나면 치료를 위해 칼을 맡길 수 있는 친구니까.”

그제야 머뭇거리던 정화문이 한숨을 쉬며 말했다.

"후우, 아침에 미처 못 다 한 말이 있어서 왔소."

"눈치 볼 것 없이 다 말해 보쇼. 괜히 몇 번씩 오가지 말고."

"알겠소. 솔직히 말해서, 나는 금천장에서 잘못을 저질러 쫓겨난 게 아니오. 천사교와의 싸움에서 살아남은 후 상주에 머물기 위해서 거짓말을 하고 이곳에 들어왔을 뿐."

금천장에서 살아난 사람이 백 명쯤 된다고 했다. 그걸 생각하면 정화문의 말은 특별할 것도 없었다.

하지만 북궁천은 눈빛을 빛내며 정화문을 뚫어지게 쳐다보았다.

겨우 그 말을 하기 위해서 밤늦게 자신을 찾아왔을 리가 없었다.

"하고 싶은 말 있으면 마저 해 보시오."

정화문은 숨을 깊게 들이쉰 후, 북궁천을 빤히 바라보며 절실한 표정으로 말했다.

"혹시라도 금천장에 들어갈 생각이라면 부탁 하나만 합시다."

"부탁?"

"한 사람을 구해 주시오."

사람을 구해 달라?

북궁천 역시 아들을 구하기 위해서 들어가려는 것이다.

자신의 앞가림도 못 하고 있는 사람에게 누굴 구해 달란 말인가?

풀썩 헛웃음이 나왔다.

"훗, 금천장은 천사교의 모든 힘이 집결되어 있는 곳이오. 그 안에서 사람을 빼돌릴 수 있다고 보시오?"

"우리가 돕겠소."

"우리? 혹시 금천장에서 살아남은 사람들을 말하는 것이오?"

"그렇소. 당시 살아남은 사람 중 서른 명 정도가 아직도 상주 안에 있소. 그 사람들은 금천장에 대해서 누구보다 잘 알고 있소. 우리가 돕는다면 금천장을 들락거리는 일이 훨씬 쉬워질 거요."

그렇다면 이야기가 달라진다. 진아를 구하는 일에 도움이 될지 모르는 것이다.

"그 사람들 중 금천장 안에 있는 사람도 있을 것 같은데?"

정화문의 눈빛이 순간적으로 흔들렸다. 하지만 어쩔 수 없다 생각했는지 사실대로 털어놓았다.

"다섯이 있소. 비록 대단한 위치에 있는 것은 아니지만 상당한 도움을 줄 수 있을 거요."

"구하려는 사람이 누구요?"

"전 장주님의 늦둥이 막내아들이오. 이제 겨우 아홉 살인데, 얼마 전에 뇌옥에 갇혀 있다는 소문을 들었소."

　　　　　＊　　　＊　　　＊

　어둠이 깔린 금천장 깊숙한 곳.

　숙야돈은 밤늦게 찾아온 수하의 보고를 받고 눈살을 찌푸렸다.

　귀안(鬼眼) 교호명. 그는 숙야돈의 오른팔과 같은 존재로 천사교의 정보를 총괄하는 귀안당(鬼眼堂) 당주였다.

　그가 늦은 시간에 찾아왔다는 것은 보고할 내용이 그만큼 중요하다는 뜻이었다.

　아니나 다를까, 보고 내용은 숙야돈의 머릿속을 혼란스럽게 했다.

　"동마방이 흔들리고 있어?"

　"예, 사교령. 환금장과 화화루가 덩하면서 상주의 분위기가 어제와 완전히 달라져 있습니다."

　숙야돈은 눈을 가늘게 뜨고 턱을 쓰다듬었다.

　어제까지만 해도 상주 제일을 뽐내던 동마방이 흔들리다니.

　하루 사이의 변화치고는 지나칠 만큼 급격했다.

　서로의 눈치를 보며 세력을 키우던 자들이 갑자기 전격적으로 충돌했다는 것도 자연스러워 보이지 않았고.

　더구나 그 일의 발단이 사대 세력 중 가장 약한 북혈회에서 시작되었다는 게 더 이상했다.

　그들을 길들이기 위해선 강력한 충격이 필요하긴 하지만, 이런 급격한 변화는 자신이 바라는 바가 아니었다.

　"그곳을 공격한 자들이 북혈회 사람이란 말이지?"

　"예, 사교령. 그들은 처음 대립이 벌어진 영월루에서 나왔는데, 북혈회의 소회주인 연소랑도 함께 있었다고 합니다."

　"북혈회가 동마방을 공격하다니. 간덩이가 부었던가, 아니면 그만한 자신감이 있다는 말인데……."

　남패령과 서마련에서도 북혈회에 사자를 보냈다고 했다. 이 상태라면 동마방도 북혈회를 치기가 쉽지 않을 것이다.

　왠지 모르게 찝찝한 느낌이 드는 상황.

　곰곰이 생각하던 숙야돈이 교호명에게 물었다.

　"어떤 놈들인지 알아보았느냐?"

　"지금 수하들이 조사하는 중입니다."

　"철저히 조사해서 결과가 나오는 대로 보고해."

　"예, 사교령."

　"그건 그렇고, 마제의 흔적은 아직 발견하지 못했느냐?"

　"상주로 들어서는 길목을 철저히 감시하고 있습니다만 아직 특별한 보고는 없었습니다. 한시도 눈을 떼지 않고 있으니 놈들이 나타나면 놓치지 않을 것입니다."

　오늘쯤은 나타날 거라 생각했다. 그런데 아직 그림자도 보이지 않는다.

　예상이 빗나갈 이유는 하나뿐.

“으음, 정말 정파연합과 함께 움직일 생각인가?”

“마제의 마음이 아무리 급하다 해도 몇 명이서 본 교를 어떻게 하겠습니까?”

숙야돈은 느릿하니 고개를 끄덕였다.

교주는 자신과 달리 마제와 정파연합이 함께 움직일 가능성을 낮게 봤다.

하지만 하루면 충분한 거리인데도 이틀이 지나도록 나타나지 않았다면 감정대로 움직이지 않고 있다는 뜻이 아닌가 말이다.

‘아무리 아들을 구하는 일이 급하다 해도 북천을 제패한 놈이 자신의 감정대로만 움직일 리가 없지.’

현재 마제의 우군은 정파연합 중 일부뿐.

그들과 은밀하게 연락을 취하며 이들을 구해 내기 위해 머리를 쥐어짜고 있을지도 모른다.

“정파연합에 잠입해 있는 아이들이 몇이나 되지?”

“다섯입니다.”

“그들에게 연락을 취해서 마제와 관련된 이야기를 집중적으로 탐문해 보라고 해라.”

“알겠습니다.”

“그리고 동마방과 관련된 일은 네가 직접 챙겨라. 아무래도 찜찜해.”

“복명.”

　　　　　＊　　　＊　　　＊

　상주 전체에 살얼음이 깔린 것처럼 긴장감이 흘렀다.

　양민들조차 밤사이에 큰일이 벌어졌다는 사실을 모르는 사람이 없었다.

　비명과 고함이 몸서리쳐지게 울려 댔으니 귀머거리가 아닌 이상 모를 리가 없었다.

　북궁천은 밖의 분위기야 어떻든 하루 종일 조양장 별원에서 나가지 않았다.

　지금쯤 천사교에서도 어떤 조치가 취해지고 있을 터. 자신을 드러내서 그들의 시선을 끌 이유가 없었다.

　그렇게 운공조식과 명상수련을 하며 낮을 보낸 그는 밤이 깊어서야 혼자 조양장을 나섰다.

　천사교 귀안당 무사들이 조양장을 감시하고 있었지만, 어둠 속을 야조처럼 날아가는 북궁천의 그림자도 잡아내지 못했다.

　잠시 후.

　북궁천은 상주 외곽 야산 자락에 을씨년스럽게 서 있는 작은 도관을 바라보았다.

　'여긴가?'

칠이 벗겨진 정문은 슬쩍 밀어도 부서질 것처럼 낡았고, 지붕에는 풀이 무성해서 사람이 살지 않는 곳 같았다.

그나마 정문 위에 칠이 반쯤 벗겨진 현판이 매달려 있어 그곳이 약속 장소인 현도관(賢道觀)임을 알려 주고 있었다.

그가 이곳에 온 이유는 진평천과의 약속 때문이었다.

화화루를 공격한 후 헤어지기 전 진평천이 말했다.

“서북쪽 외곽으로 가면 현도관이라는 작은 도관이 있네. 내일 밤 자시에 그곳으로 오게. 소개해 줄 분들이 있네.”

북궁천은 그가 말한 ‘소개해 줄 분들’이 화산파의 사람이거나 섬서 정파의 고수일 거라 심작했다.

그로선 그들과의 만남을 마다할 이유가 없었다.

진아를 무사히 구하는 데 도움이 된다면 아수라라 해도 손을 잡을 수 있는 그였다.

도움을 주는 자는 친구, 방해하는 자는 적.

끼이익.

정문을 밀자 녹슨 경첩이 안간힘으로 버티며 신음을 내질렀다.

문을 반쯤 열고 안으로 들어간 북궁천은 좌우를 둘러보았다. 좌측 작은 건물의 방에 불이 켜져 있었다.

그가 몸을 그쪽으로 돌리자, 건물 옆 어둠 속에서 한 사람
이 나왔다. 어젯밤에 봤던 중년인 중 하나였다.

"단 공자요?"

"그렇소."

"이쪽으로 오시오."

간단하게 질문을 던진 중년인은 북궁천을 불 켜진 방으로
안내했다.

방 안에는 처음 보는 사십 대 중반의 중년인 둘, 그리고 노
인 둘이 진평천과 함께 탁자를 가운데 두고 앉아 있었다.

"어서 오게."

진평천이 담담히 웃으며 북궁천을 반겼다.

두 중년인은 호기심 가득한 표정이었고, 두 노인은 심유한
눈빛으로 북궁천을 살펴보았다.

북궁천이 빈자리 쪽으로 다가가 걸음을 멈추자, 진평천이
두 노인을 소개했다.

"인사드리게. 화산파의 장로이신 명원 도장과 종남파의 장
로이신 송선 도장이시네."

그리고 두 중년인을 마저 소개했다.

눈이 가늘고 약간 매부리코인 중년인은 월영신검(月影神劍)
좌일소였고, 볼살이 통통한 중년인은 개벽권(開壁拳) 웅선당
이었다.

두 중년인은 섬서를 대표하는 정파고수 십 인에 들어갈 수 있는 실력을 지닌 자들로 진평천과 친분이 두터운 사람들이었다.

북궁천은 그들과도 포권을 취하며 인사를 나누었다.

함께할 사람이 많아진 만큼 상황이 복잡해질 것은 분명한 일. 하지만 현 상황이 싫진 않았다.

굴러온 넝쿨에 호박이 많이 달렸는데 싫을 이유가 없었다.

"단천입니다."

"진 대협께 말씀을 들었네. 마도에 몸을 담고는 있지만 진심은 다른 곳에 있다고 하더구먼."

명원 도장이 먼저 북궁천을 주시하며 입을 열었다.

북궁천은 부인도, 인정도 하지 않았다.

"보는 사람의 눈에 따라 다르겠지요. 중요한 것은 현재 제가 어떻게 행동하고 있느냐 하는 것 아니겠습니까?"

"그건 그렇지."

"어차피 이 자리가 마련된 것은 서로 간의 목적 때문이니 불필요한 검증은 지나치기로 하지요."

"그것도 옳은 말이네만, 우리 화산파나 종남파는 정도를 걷는 곳이다 보니 마도인하고 함부로 손을 잡을 수가 없네. 그 점은 자네가 이해하게."

"제가 마도인이라면 손을 잡을 수 없다는 말씀 같군요."

말 몇 마디에 분위기가 이상해지자, 진평천이 나서서 정리했다.

"손을 잡을 수 없다기보다 신중해야 한다는 뜻으로 이해하게나."

"하긴 신중해서 나쁠 것은 없죠. 다른 분들 생각은 어떤지 모르겠습니다만."

북궁천의 말에 좌일소가 먼저 대답했다.

"저는 저 친구의 말에 찬성입니다. 중요한 것은 천사교를 상대하는 일이니까요."

"저는 진 대협의 판단을 믿고 이 자리에 온 만큼 앞으로도 진 대협의 판단에 따르겠습니다."

웅선당은 결정을 진평천에게 맡겼다.

상황이 그리되자 명원 도장도 더 이상 사상적인 문제를 따지지 못했다.

"험, 좋소. 그럼 그 문제는 진 대협께 맡기고 앞으로의 일을 상의해 봅시다."

그 때 말없이 앉아 있던 송선 도장이 천천히 자리에서 일어났다.

떡 벌어진 어깨, 부리부리한 눈에 두툼한 입술, 삐쭉삐쭉한 수염.

그는 유순한 도명과 달리 괄괄한 성격이었다. 또한 그러한 성격답게 강보다 유를 중시하는 종남파에서 특이하게도 패도적인 무공을 익히고 있었다.

젊었을 적에는 그런 성격과 무공 때문에 말썽도 많았지만, 옳지 않은 일을 보면 몸을 사리지 않는 의협심이 강해서 친구들이 많았다.

마도인들에게는 지옥에서 온 괴짜 도사로 불렸고.

그런데 나이 육십이 넘어서도 그 성격은 여전했다.

"무량수불! 실력이 대단하다고 들었는데 한번 직접 알아보고 싶군. 노도는 말로 듣는 것보다 직접 부딪쳐 보는 걸 좋아해서 말이야."

진평천은 멈칫했지만 그를 말리지 않았다.

앞으로 함께 일을 하려면 직접 겪어 보는 게 나았다.

아주 약간은 '내 꼴을 당해 봐야 내 마음을 알지.' 하는 생각도 있었고.

북궁천두 반대하지 않았다.

"그것도 나쁘지 않은 생각이군요."

주도권을 쥐어야 앞으로가 편해질 테니까.

"저 역시 말만 앞세우는 사람을 무척 싫어합니다. 그럼 밖으로 나가실까요?"

*　　*　　*

창백한 달빛이 쏟아지는 자시 무렵.

화톳불이 곳곳에서 타오르는 적산채는 시신으로 뒤덮였던

지난겨울과 판이하게 달랐다.

그곳에는 이제 정파연합의 일천이 넘는 무사들이 거주하고 있었다.

밤이 늦은 시각인데도 순찰을 도는 무사들이 곳곳에서 보였고, 몇몇 통나무집은 경비무사들이 지키고 있었다.

그중에서도 정파연합을 총지휘하는 총군사 유원당의 거처는 스물네 명의 최정예무사들이 철저히 둘러싸고 쥐새끼 한 마리 함부로 드나들지 못하도록 지켰다.

운이든 다른 이유가 있었든, 단숨에 적산채까지 되찾은 유원당이다.

이제는 누구도 그의 능력에 대해서 왈가왈부하지 못했다.

더구나 정파연합은 여러 세력이 모인 만큼 구심점이 중요한데 지금으로선 유원당만 한 사람이 없었다.

그러니 그를 천사교의 암습으로부터 지키기 위해 삼엄한 경비를 펼치는 것은 너무나 당연한 일이었다.

그런데 천공의 달이 구름에 가려졌을 때였다.

유원당의 거처가 있는 통나무집에서 이십여 장 떨어진 곳. 아름드리나무 옆의 어둠이 흐느적거리듯 흔들리더니, 그림자 하나가 유령처럼 나타났다.

그림자는 미세한 소리조차 내지 않고, 마치 바람에 날리듯이 통나무집 측면을 향해 흘러갔다.

절정의 은신술이 가미된 그림자의 움직임은 빤히 보고 있어도 발견하기 어려울 정도로 신비했다.

때로는 늘어진 나무의 그림자 같기도 했고, 때로는 바닥에 누워 있는 바위의 그림자처럼 보이기도 했다.

그 움직임이 어찌나 은밀한지 삼사 장 간격으로 서 있던 경비무사들조차 발견하지 못했다.

무영환밀공(無影幻密功), 천하제일의 은신술법.

그림자가 펼치는 술법이 바로 백혈사신이 무림맹을 농락한 절세의 비공인 것이다.

'후후후, 눈뜬장님 같은 애송이들 속이는 것쯤은 식은 죽 먹기지.'

그림자의 주인, 백혈사신 주서광의 제자이자 외손자인 소이정은 속으로 조소를 지으면서 통나무집 처마 밑에 달라붙었다.

마치 희미한 그림자가 벽을 타고 처마 밑으로 들어가는 듯했다.

완벽하게 처마 밑 그림자 속으로 몸을 숨긴 그는 청력을 끌어 올리고서 통나무집 안쪽을 향해 귀를 기울였다.

고요한 가운데 규칙적인 숨소리가 들렸다.

소이정은 인내심을 발휘해서 일각가량을 더 기다렸다.

사부는 자신에게 인내심이 부족하다며 타박하지만, 그것은 자신을 잘 모르고 하는 말이다.

일이란 서둘러야 할 때가 있고 기다려야 할 때가 있다. 자신도 기다려야 할 때는 기다릴 줄 알았다.

'사부는 늙었어. 이제 골방에 처박혀야 할 나이여서 잔소리만 많아.'

일각이 지나도 숨소리에 큰 변화가 보이지 않는다.

완벽한 수면 상태.

확신을 가진 그는 먼저 처마 밑을 타고 문이 있는 곳으로 이동했다.

문이 있는 곳 위에 도착한 그는 미끄러지듯이 벽을 타고 내려왔다. 검은색이었던 그의 모습은 처마 밑 그림자를 나오면서부터 회색으로 바뀌며 벽과 동화되었다.

어느 순간, 통나무 문이 살짝 열리는가 싶더니 회색 그림자가 스르르 문 사이로 스며들었다.

그리고 문이 닫혔다.

경비무사 하나가 이상함을 느끼고 고개를 돌렸을 때는 모든 것이 본래 상태로 돌아가 있었다.

"바람인가?"

"왜 그러나?"

"별일 아니네. 바람 지나가는 소리였나 봐."

"그 친구, 신경이 되게 예민하군. 나는 아무 소리도 듣지 못했는데."

밖에서 경비무사 둘이 이야기를 나누는 동안 소이정은 버릇처럼 벽과 천장을 타고 침상으로 접근했다.

짙은 어둠 속 침상 위에 한 사람이 누워 있었다.

깊은 잠이 든 듯 고른 숨소리가 여전했다.

침상 위 천장에 도착한 소이정은 하얀 이를 드러내며 씩 웃었다.

이곳은 유원당의 거처. 침상 위에서 자는 사람은 자신이 조사한 유원당과 인상착의가 똑같았다.

확신을 가진 그는 오른손을 앞으로 뻗었다.

그의 오른손 소매 속에서 길이 한 자가량 되는 비수가 소리 없이 빠져나오며 그의 손에 잡혔다. 맹독이 칠해진 망혼비(亡魂匕)였다.

결정을 내린 그는 촌음도 망설이지 않았다.

천장에서 깃털처럼 떨어져 내리면서 유원당의 심장을 향해 망혼비를 뻗었다.

푹!

한 치의 오차도 없이 망혼비가 심장을 파고들었다.

소이정은 유원당이 소리를 지르지 못하도록 입을 막고는 떨림이 멈출 때까지 기다렸다.

다섯을 셀 즈음, 떨림이 멎었다.

망혼비를 회수한 소이정은 솟구치는 피를 찍어서 시신의 머리맡에 신월(新月)을 그렸다.

신월을 보면 밤하늘이 싸늘한 눈빛으로 세상을 조롱하는 것 같지 않은가?

신월을 그리면 자신 역시 세상을 조롱하는 기분이 들었다.

＊　　＊　　＊

콰과광!

강력한 장력이 맞부딪치면서 진기 폭풍이 두 사람 주위를 휘돌았다.

쿵, 쿵, 쿵.

묵직한 발걸음 소리와 함께 뒤로 세 걸음 물러선 송선 도장의 입술이 잘게 떨렸다.

'제기랄.'

자신만만하던 표정은 온데간데없고 괜한 짓을 벌였다는 후회감만 가득했다.

그가 상대를 잘못 건드렸다는 것을 깨달은 것은 단 삼초만이었다.

그리고 십초.

속이 울렁거리고 온몸이 저릿했다.

그나마 밤이었기에 망정이지 대낮이었다면 붉어진 얼굴이 그대로 드러났을 것이었다.

반면 상대는 슬쩍 한 걸음 물러난 것으로 그친 데다 낯빛도 조금 전과 크게 다르지 않았다.

종남파 제일고수라는 자신이 이름도 알려지지 않은 애송이에게 밀리다니, 이 무슨 창피란 말인가?

"더 하실 겁니까?"

북궁천이 양손을 들어 올리며 물었다.

송선 도장은 북궁천의 마음이 변하기 전에 즉시 대답했다.

"이 정도면 된 것 같군. 무량수불."

"실망하지 않으신 것 같아 다행이군요."

'실망은커녕 놀라서 가슴이 벌떡거린다, 이놈아!'

송선 도장은 목구멍까지 치솟은 말을 억지로 눌러놓고 최대한 담담한 표정을 지었다.

"허허허, 정말 대단한 젊은이군. 부디 잘 협력해서 천사교 놈들에게 뜨거운 맛을 보여 주도록 하세."

"좋은 말씀입니다. 아주 뜨거운 맛을 보여 줘야죠."

북궁천은 나직이, 한 마디 한 마디 씹어뱉듯이 말하고는 고개를 돌려 진평천을 바라보았다.

"정파연합과 어떤 식으로든 연락을 취하고 있을 거라 생각합니다만."

진평천이 솔직하게 대답했다.

"자네 말대로 연락을 취하고 있네."

"그들과 손발을 맞추면 더 효과적일 겁니다. 때가 되면 제가 연락을 취하지요. 서로 간의 연락 장소는 이곳으로 하는 게 좋겠군요."

"알았네. 그렇게 하지."

*   *   *

여명이 동녘 하늘을 붉게 물들이는 새벽녘.

유원당의 거처로 들어간 조무성이 경악성을 내질렀다.

"총군사!"

경비를 서던 호위무사들이 일제히 소리가 들린 곳을 바라보았다.

잠시 후, 문이 부서질 것처럼 열리더니 조무성이 뛰쳐나왔다. 그는 곧바로 천종원에게 달려갔다.

그리고 열을 세기도 전에 천종원이 통나무집으로 들어갔다.

침상을 보고 얼굴이 창백하게 굳은 그는 심호흡을 하며 숨을 고르고는 호위무사들에게 지시를 내렸다.

"총군사께서 피살당하셨다. 지금부터 아무도 접근하지 못하게 하고, 내 명령이 떨어질 때까지 사람들에게 알리지 마라. 사람들이 몰려오면 조사를 제대로 할 수 없으니까."

호위무사들의 얼굴이 흙빛으로 변했다.

한시도 자리를 뜬 적이 없었다. 귀신이라 해도 그들 사이를 통과할 수 없을 거라 자신했다. 그런데 이게 무슨 청천벽력 같은 일이란 말인가?

"알겠습니다, 령주."

천종원은 그로부터 반 시진이 지나셔야 각 세력의 수뇌부들에게 사람을 보냈다.

적산채가 뒤집어질 것처럼 술렁거렸다.

각 세력의 수뇌부들은 소식을 듣자마자 유원당의 거처로 달려왔다.

그러나 그들이 도착했을 때는 이미 시신 수습이 끝난 후였다.

천종원이 나무를 잘라 임시로 관을 만들어서 시신을 모신 것이다.

그가 급히 시신을 관에 넣은 것은 독 때문이었다.

얼마나 지독한 독을 썼는지 시신이 발견되었을 때는 이미 몸이 녹아내리고 있었다.

천종원은 안타까움과 궁금함으로 얼굴이 굳어 있는 사람들에게 자신이 조사한 상황을 설명했다.

"암살자는 비수로 심장을 정확히 찔렀습니다. 사망 시각은 자시에서 축시 사이로 보이며, 시신을 발견했을 때는 비수에 묻은 독으로 인해서 온몸이 상해 가고 있었습니다."

조금이라도 일찍 도착한 사람들은 시신을 볼 수 있었다.

그런데 살짝 젖혀진 천 사이로 보인 얼굴은 온통 물집이 생기거나 녹아서 형체를 알아보기도 힘들었다.

천군호 역시 시신을 본 사람 중 하나였다. 그는 너무 어이 없는 상황에 얼굴이 벌게지도록 분노했다.

"대체 호위무사들은 뭘 하고 있었단 말이냐!"

"호위무사들은 한시도 자리를 떠나지 않았다고 합니다. 제가 시신을 발견하고 주위를 철저히 조사해 봤습니다만 아무런 흔적도 발견할 수가 없었습니다. 다만 시신 옆에 초승달 문양이 피로 그려져 있었다는 것밖에……."

"초승달? 암살자가 표식을 남겼단 말이냐?"

천종원이 고개를 돌려 침상을 바라보았다.

사람들의 시선도 침상으로 향했다.

침상 위 하얀 천 위에 피로 신월이 그려져 있었다.

최근에 합류한 백선일존(白扇一尊) 여무경이 그걸 보고 눈을 크게 떴다.

"혹시 백혈사신이……?"

백혈사신이라는 말에 모두가 경악을 금치 못했다.

그런데 남궁원이 딱딱하게 굳은 표정으로 고개를 저었다.

"백혈사신의 표식은 아니외다. 아마 누군가가 흉내를 낸 것이 아닌가 싶소이다."

"아미타불, 빈승 역시 백혈사신의 표식을 본 적이 있소. 저것은 그자의 표식이 아니오. 다만 호위무사들의 눈을 완벽히 속이고 침입한 거나, 대상을 죽은 줄도 모르게 죽인 수법만큼은 그자를 의심하지 않을 수 없게 만드는구려."

그 때 구양환이 침음을 흘리며 짐직 안타까운 어조로 말했다.

"음, 참으로 안타까운 일이 아닐 수 없습니다. 이 중요한 시기에 총군사가 암살을 당하다니…… 허나 지금은 암살자가 누구냐 하는 것보다 총군사의 죽음이 더 중요합니다. 즉시 비상회의를 열고 이 문제를 논의해 보기로 합시다."

몇 사람이 구양환을 못마땅한 눈으로 바라보았다. 그러나 그의 말도 잘못된 것이 아니기에 바로 반박하진 못했다.

그중에서도 백검맹 사람들은 그 마음이 표정에도 드러났다.

특히 조관수는 마지막까지 참지 못하고 한마디 했다.

"아무리 그래도 당장 그 일을 논한다는 것은 고인이 되신 총군사에 대한 예의가 아닌 것 같소이다. 며칠이라도 시간을 갖고 애도를 한 후 생각해 보는 게 어떻겠습니까?"

대부분이 고개를 끄덕였다.

관호명과 사공강후도 한마디씩 거들어서 조관수의 의견에 찬성했다.

"그 일은 이삼 일 지나서 충격이 가라앉으면 상의합시다."

"그 정도라면 총군사께서도 서운해하지 않으실 겁니다. 오늘 당장 천사교를 공격할 것도 아닌데, 궁주께서 지나치게 서두르시는 것 같습니다."

구양환은 사공강후의 말에 뼈가 들어 있다는 걸 느끼고 이를 지그시 악물었다.

'건방진 놈! 감히 어디서……'

그런데 선우명이 중얼거리며 또 한 번 그의 속을 긁었다.

"하긴 시신 앞에서 군사직을 논하는 것도 좀 그렇지요."

'이 사람이!'

구양환은 짜증을 가까스로 억누르고 억지웃음을 지었다.

"허허허, 모두의 생각이 그렇다면 그렇게 합시다."

"궁주, 지금 웃음이 나옵니까?"

마지막은 괄괄한 성격의 진왕리가 장식했다.

'저 오랑캐 놈이!'

머리가 후끈 달아오른 구양환은 입을 꾹 다물고 진왕리를
노려보았다.

하지만 백리진과 임강령 등 군웅들이 탐탁지 않은 표정으
로 바라보다 슬그머니 고개를 돌렸다.

'빌어먹을!'

그 모습을 조용히 바라보던 천종원은 어느 정도 충격이 가
라앉은 듯하자 입을 열었다.

"아직 조사해 볼 것이 더 남았습니다. 참으로 통탄할 일입
니다만, 일단 돌아가셔서 무사들이 흔들리지 않게 다스려 주
십시오. 조사를 마치면 다시 보고를 올리겠습니다."

第五章
전야(前夜)

“아가씨!”

공손설은 밖에서 들리는 시비의 날카로운 목소리를 듣고 아미를 찌푸리며 일어났다.

“새벽부터 왜 이리 소란이야?”

방문이 열리더니 시비인 청청이 방정을 떨며 다급한 표정으로 들어왔다.

“빨리, 빨리요.”

“무슨 일인데 그래?”

“매실의 아가씨가 아프신가 봐요.”

공손설은 바람처럼 달려서 방을 나섰다. 청청의 눈에는 아가씨가 갑자기 사라진 것처럼 보일 정도였다.

헌원려려의 방으로 들어간 공손설은 나직한 신음을 듣고 급히 침상으로 다가갔다.

침상 옆에서 헌원려려의 이마를 수건으로 닦아 내던 소소가 급히 옆으로 비켜섰다.

"언니, 왜 그래요?"

헌원려려의 창백한 얼굴이 땀이 맺혀 있었다.

대체 무슨 일일까?

공손설이 소소에게 빠르게 말했다.

"빨리 가서 원 의원님을 데려와. 어서!"

그녀는 소소가 뛰어나가자 자신이 직접 헌원려려의 땀을 닦아 주었다.

얼굴은 창백한데 살은 손을 대면 데일 것처럼 뜨거웠다.

"언니, 아프면 안 돼요. 제가 오빠에게 혼난단 말이에요."

그녀는 울상이 되어서 헌원려려의 귀에 속삭였다.

일각이 지날 즈음, 오십 대 나이의 의원이 소소에게 이끌려서 달려왔다.

성주의 건강을 전담하고 있는 원부선이었다.

그는 산서에서 둘째가라면 서러울 정도로 뛰어난 의원이었다. 백미신의를 제외한다면 그가 산서 제일이라 해도 과언이 아니었다.

"대체 무슨 일인데 이른 아침부터 부른 것이오, 설 아가씨?"

"빨리 언니의 몸 좀 봐 줘요. 계속 식은땀만 흘리면서 정신을 못 차리고 있어요."

"비켜 보시구려."

원부선은 헌원려려 바로 앞에 앉아서 손목을 잡고 진맥했다.

잠시 시간이 흐른 후. 그는 곤혹한 표정으로 고개를 갸웃거렸다.

"거 이상하구려. 맥이 조금 약할 뿐 큰 이상은 없는 것 같은데……."

"어떻게 좀 해 봐요, 의원님."

공손설이 발을 동동 구르자 원부선이 가져온 함에서 침을 꺼냈다.

"일단 침으로 기혈을 다스려 볼 테니 한쪽에서 기다리시구려."

원부선은 서른여섯 개의 침을 꽂고는 이각이 지나서야 빼냈다.

효과가 있는지 얼굴에서 나던 땀이 확연히 줄어들고 열도 내렸다.

지켜보던 공손설은 안도의 한숨을 쉬며 가슴을 쓸어내렸

다.

"휴우우. 고마워요, 의원님."

그런데 원부선의 표정은 여전히 펴지지 않았다. 기혈을 다스리긴 했는데 왠지 모를 찜찜함이 앙금처럼 남았다.

잠시 헌원려려를 내려다보던 그는 고개를 돌려서 공손설에게 물었다.

"설 아가씨, 이 소저가 약을 꾸준히 복용하는 것으로 알고 있는데, 아직도 남았소?"

"예, 있어요. 소소야, 빨리 언니 약 좀 가져와!"

공손설이 소소를 향해 소리치자 소소가 한쪽에 놓인 약을 들고 왔다.

원부선은 그 약을 한참 동안 살펴보았다.

이틀에 한 번씩 헌원려려의 상태를 살펴보긴 했지만, 그동안 별다른 일이 없어서 맥을 살피는 정도였을 뿐이었다. 하기에 헌원려려가 약을 복용하는 걸 알면서도 건성으로 봤던 터였다.

그는 냄새를 맡고, 문질러 보고, 입에 넣고 씹어 보더니 표정이 딱딱하게 굳었다.

눈치를 살피던 공손설이 불안한 표정으로 물었다.

"왜 그러세요?"

"정말 이 아가씨가 이 약을 복용했소?"

"예, 맞아요. 무슨 약인데 그러세요?"

원부선은 바로 대답하지 않았다.

그도 헌원려려의 치료에 대한 불가사의한 이야기를 모르지 않았다.

헌원려려를 치료한 사람은 백미신의의 제자인 방곡추.

그것도 막힌 뇌의 혈맥을 뚫었다고 했다.

단순한 그 사실만으로도 방곡추라는 자의 의술이 얼마나 뛰어난지 짐작 가고도 남았다.

그런 자가 약을 잘못 쓸 리는 없는 일.

"으음, 아무래도 섣불리 결론을 내릴 수는 없는 일 같구려."

"뭐가 잘못되었나요?"

"일단 내가 더 자세히 살펴보고 말해 드리리다."

그 때 밖에서 소란스런 소리가 들렸다.

공손설이 그 소리를 듣고 깜짝 놀라서 일어났다.

이정한을 비롯한 태극문 제자와 이조량의 목소리였다.

만약 북궁천도 왔다면?

헌원려려가 아프다는 걸 알면?

공손설은 조마조마한 마음으로 일어나서 방문 쪽을 바라보았다.

그런데 북궁천이 들어올 생각을 하지 않았다. 왔다면 제일 먼저 달려 들어왔을 텐데.

게다가 밖에서도 북궁천의 목소리는 들리지 않았다.

공손설은 태극문 제자들과 이조량이 먼저 왔다고 하자 아쉬움이 컸다.

'쳇, 아기 데리러 간 사람이 뭐 하느라고 여태 안 와?'

하지만 지금은 아쉬움을 털어놓을 마음의 여유가 없었다.

"언니가 조금 아파요."

이정한은 헌원려려가 아프다는 소리에 가슴이 철렁였다.

"많이 아프십니까?"

"이제 좀 좋아졌어요. 너무 걱정하지 마세요."

공손설은 이정한 등을 안심시키고 나서야 북궁천에 대해서 물었다.

"그런데 오빠는 왜 안 왔어요?"

"그게 저……."

이정한이 착잡한 표정으로 헌원려려의 방을 바라본 뒤 전음을 보냈다.

―조용한 곳으로 가서 말씀드리겠습니다.

공손설은 이정한의 말뜻을 눈치채고 매실에서 십여 장 떨어진 곳의 빈방으로 이정한 일행을 안내했다.

이정한은 그곳에서 사정을 모두 설명해 주었다.

이야기를 다 들은 공손설은 섬섬옥수가 하얗게 질릴 정도로 움켜쥐고 눈을 파르르 떨었다.

"그게…… 정말이에요?"

“예, 소저.”

“정말 나쁜 사람이군요. 아무리 대의를 위해서라지만 삼성궁의 궁주라는 사람이 아기를 이용하다니.”

“대형도 그것 때문에 화가 무척 많이 나 있습니다.”

“그럼 정말로 소존이라는 자가 아기를 데려간 거예요?”

이정한이 무거운 표정으로 고개를 끄덕였다.

“아무래도 그런 것 같습니다.”

공손설은 주먹을 움켜쥔 채 정신없이 방 안을 오갔다.

그렇게 십여 번 왕복을 하더니 우뚝 멈춰 서서 이정한을 바라보았다.

“몸은 좀 어떠세요?”

“많이 나았습니다.”

말은 많이 나았다고 하시만 공손설이 힌눈에 알아볼 정도로 상태가 안 좋아 보였다. 동호량과 초강도 정상은 아니었고.

그나마 괜찮은 사람은 이조량뿐이었다.

“다른 분들은 남으시고, 이 공자님이 하남으로 가서 돌아가는 상황을 알아봤으면 좋겠는데요.”

그거야말로 바라던 바였다.

이조량도 그러고 싶었지만 북궁천이 반대하니 문제였다.

“저도 그러고 싶습니다. 그런데 대형께서 뭐라고 안 하실지⋯⋯.”

공손설이 보냈다고 해 봐야 씨알도 먹히지 않을 것이다.

그런데 공손설이 그에 대해서 명쾌한 해답을 내놓았다.

"언니가 보냈다고 하세요. 그러면 뭐라고 못 하실 거예요."

이조량의 표정이 환하게 펴졌다.

"그렇게만 해 주신다면 아무 문제가 없습니다."

북궁천은 헌원려려의 말이라면 꼼짝 못 하니까.

이정한도 별 불만이 없었다.

그는 자신이 따라가 봐야 짐만 된다는 것을 누구보다 잘 알았다. 이곳에서 잔심부름하는 게 다른 사람을 돕는 길이었다.

물론 능소소와 함께 지내는 것도 마음에 들었고.

"그런데 헌원 소저께선 어디가 어떻게 아프신 겁니까?"

"확실치는 않은데, 그냥 기혈이 좀 끓어올랐나 봐요. 침을 놓았더니 지금은 많이 좋아졌어요."

"휴우, 다행이군요."

이정한 일행은 별일이 아니라는 말에 안도의 숨을 내쉬었다.

그들은 물론 공손설 역시 꿈에도 생각지 못했다.

원부선이 제때 침을 놓지 않았다면 헌원려려가 사경을 헤맸을지 모른다는 걸.

헌원려려가 깨어난 것은 한 시진가량 지났을 때였다.

그녀는 억지로 웃음을 지어 보이며 공손설과 이정한 일행을 안심시키려 했다.

"오셨군요. 미안해요. 밤공기가 찬 것도 모르고 이불을 잘 덮지 않아서 병이 침범했나 봐요. 동생은 나 때문에 놀랐지?"

공손설은 뭔가 이상했지만 굳이 토를 달지 않았다. 말하고 싶지 않은 사람에게 꼬치꼬치 캐물어 봐야 헌원려려만 힘들어질 뿐이었다.

"그래도 이만해서 다행이에요, 언니."

"그러게."

"오빠는 함께 오지 못했대요."

공손설은 헌원려려가 묻기 전 미리 북궁천에 대해서 이야기해 주었다. 구양환이 아기를 숨겨서 찾으러 갔다는 부분까지만.

헌원려려가 놀라서 그러잖아도 창백한 안색이 백짓장처럼 하얘졌다.

"그, 그게 정말이에요?"

이정한은 자신이 죄를 저지른 것처럼 고개를 푹 숙이며 대답했다.

"예, 소저."

"사람이 어떻게…… 어떻게 그럴 수가……."

구양환이 순순히 보내 주는 게 조금 이상하다 싶었더니 그런 술수를 부렸을 줄이야!

그녀의 두 눈에서 눈물이 주르륵 흘러내렸다.

'진아야, 미안해. 정말 미안해. 못난 엄마 때문에 어린 네가 그런 고생을 하다니……'

공손설이 그녀의 마음을 진정시켰다.

"너무 슬퍼하지 말아요, 언니. 오빠가 찾아서 무사히 데려올 거예요."

"다 내 잘못이야."

"그게 왜 언니의 잘못이에요? 짐승 같은 구양우경과 자식의 잘못을 인정하지 않고 아기를 이용하려던 구양환의 잘못이죠."

"차라리 처음부터 나는 놔두고 아기 먼저 찾아서 떠나라고 말할 걸 그랬나 봐."

공손설이 커다란 눈을 동그랗게 뜨며 어림도 없다는 투로 말했다.

"언니도 참! 오빠 성격 언니가 더 잘 아시잖아요? 그렇게 말하면 오빠가 알았다고 하면서 진아만 데리고 그냥 떠났을 거 같아요? 말도 안 되는 소리 그만해요. 그랬으면 아마 언니와 아기를 데리고 삼성궁과 싸우다가 전부 위험해졌을걸요?"

헌원려려 역시 그 일이 걱정되어서 말하지 않았다.

그런데 상황이 이렇게 되고 보니, 자신은 구양우경에게 당하는 한이 있어도 북궁천을 매몰차게 대해서 아기를 데리고 떠나게 했으면 나았을 거라는 생각이 들었다.

그랬으면 진아가 지금과 같은 고생을 겪지 않아도 될 텐
데.

'결국 그것도 내 욕심이었어. 너무 겁이 나서 진아보다 나
를 먼저 생각했는지도 몰라.'

헌원려려가 자책감에 눈물만 흘리자, 공손설이 눈물을 닦
아 주며 그녀를 다독였다.

"언니는 쓸데없는 걱정 마시고 몸부터 나으세요. 여기 이
공자님이 가셔서 상황을 알아보신다고 하니까요. 그리고 아
버님도 본 성의 무사들을 지원하기 위해 무사들을 더 보낼 생
각이신 거 같으니, 여차하면 오빠를 도울 수 있을 거예요."

헌원려려는 손을 뻗어서 공손설의 가녀린 손을 거머쥐었
다.

"고마워, 동생."

"고맙기는요. 근데 사실 이제부터가 문제예요. 오빠가 분
노해서 강호를 한바탕 휘저을지도 몰라요."

당장은 아기 때문에 참고 있지만, 아기를 찾고 나면 원인
을 제공한 자들에게 분노를 터트릴 것이다.

만에 하나 아기가 잘못되기라도 하면 분노의 화산이 터질
것이고.

"그래서 말인데요, 언니의 이름으로 아기를 찾으면 한눈팔
지 말고 곧바로 돌아오라고 전할 생각이에요."

헌원려려는 공손설의 말뜻을 짐작하고 눈물을 흘리는 와

중에도 실소를 지었다.

"그렇게 해."

＊　　＊　　＊

날이 밝았는데도 동마방은 움직이지 못했다.

마음 같아서는 당장 북혈회를 공격하고 싶어도 행동으로 옮길 수가 없었다.

아니, 공격은커녕 이제는 동마방의 안전을 걱정해야 할 판이었다.

풍단이 당한 것까지 합하면 세 차례에 걸쳐서 이백 가까운 피해를 입은 상태.

더구나 남패령과 서마련에서 북혈회를 지원하기로 했다는 소문이 돌고 있었다.

그뿐이 아니다. 어느 쪽에도 속해 있지 않고 눈치만 보던 마도고수 중 상당수가 북혈회로 향하고 있다는 보고가 속속 들어왔다.

악동초는 그렇게 된 모든 원인이 연소랑에게 있다고 생각했다.

그녀가 순순히 자신의 뜻을 받아 줬다면 호양곽도 잃지 않았을 것이고, 상황이 이렇게 흐르지도 않았을 것이 아닌가 말이다.

"으아아아! 찢어 죽일 년! 네년이 감히 내 순정을 이렇게
짓밟다니!"

그는 자신의 분노를 모두 연소랑에게 쏟아 냈다.

애정이 증오로 바뀐 것이다.

"내 무슨 수를 써서라도 네년만큼은 세상에서 제일 처참하
게 죽이고 말 것이다!"

연소랑은 악동초가 이를 갈든 말든 지금 상황이 즐겁기만
했다.

"그동안 어느 쪽에 붙을까 망설이던 사람들이 대거 본회에
가입을 요청하고 있어요, 아버지. 오늘 아침에 온 사람만 해
도 삼십 명이나 돼요."

연풍척도 한시름 던 듯 편안한 표정이었다.

"다행이구나. 이렇게 사람이 불어나면 동마방도 우리를 어
떻게 하지 못할 거다."

"단천은 어떻게 생각해?"

북궁천의 표정은 그들만큼 밝지 않았다.

"너무 세력이 급작스럽게 커지면 남패령이나 서마련도 이
쪽을 견제하려고 할 거다."

"그렇다고 해서 오는 사람을 안 받을 수도 없잖아?"

"당연히 그렇지. 그러니까 사람은 받아들이되 남패령과 서
마련을 달래 줄 방법도 생각해 봐야 돼."

“그들을 어떤 식으로 달래 줘야 하지?”

“그건 네가 생각해 봐. 나는 부수는 건 잘해도 달래 주는 건 영 젬병이거든.”

“누구 달래는 건 나도 잘 못하는데…….”

“달래기가 쉽지 않다면 다른 방법을 쓰는 수밖에 없어.”

“어떤 방법?”

“그들이 견제하기 전에 동마방을 함께 제거하고 나눠 가지는 거지.”

연소랑의 눈이 커졌다.

“동마방을?”

“그게 가능하겠나?”

연풍척도 놀란 표정으로 되물었다.

“어려울 것도 없소. 지금 동마방의 상황은 최악이니까.”

“으으음, 그렇게만 된다면 최상이라고 할 수 있겠군. 그런데 천사교가 가만히 보고만 있을까?”

“천사교가 관여하기 전에 끝내면 되는 일이오. 일이 다 끝난 다음에는 그들도 뭐라 하지 못할 거요. 당장 정파연합과의 싸움을 앞두고 있는 상황이니까.”

“그도 그렇군.”

천천히 고개를 끄덕이는 연풍척의 눈빛이 번뜩였다.

“그럼 언제가 좋다고 보는가?”

“오늘 밤.”

연풍척의 눈이 휘둥그레졌다.

"오늘 밤이라고? 너무 빠르지 않은가?"

"남들 역시 그렇게 생각하고 있을 거요. 그러니 역지사지로 생각해 보면 오늘 밤이 가장 좋은 시기라 할 수 있소."

"하지만 남패령과 서마련을 설득하려면 시간이 걸릴 거네."

"내가 남패령과 서마련의 주인을 만나겠소. 적주원만 움직이면 홍무수도 어쩔 수 없을 거요."

*　　*　　*

남패령주 적주원은 강호에서 화령마도(火靈魔刀)라 불리는 절정고수였다.

큰 키에 허리둘레가 일반인보다 세 배는 될 정도로 덩치가 커서 그와 친한 자들은 그를 패웅마(覇熊魔)라 부르기도 했다.

그는 상주 남쪽에 있는 상주제일기루 화정루에 머물렀는데, 항상 서너 명의 여인을 끼고 다녔다.

세상이 어둠으로 뒤덮인 술시 무렵.

북궁천이 귀안당의 눈을 피해서 방문했을 때도 그는 커다란 방 안에서 여인 셋과 노닥거리고 있었다.

"연 회주가 보냈다고?"

적주원은 앞섶이 벌어진 그대로 북궁천을 맞이했다. 온통
털로 뒤덮인 가슴은 그가 정말 곰이 아닌가 하는 생각이 들
정도였다.

"그렇소."

"무슨 일로 왔지?"

북궁천은 대답하기 전에 옆을 둘러보았다.

호위무사로 보이는 자들 넷이 그를 반원으로 둘러싸고 있
었다.

"먼저 이들을 물리쳐 주시오."

적주원은 북궁천을 빤히 바라보더니 손을 저었다.

"나가 있어라."

호위무사들은 북궁천을 싸늘한 눈으로 응시하고는 뒷걸음
질을 치며 방을 나섰다.

북궁천이 이번에는 적주원 곁의 여인들을 턱짓으로 가리켰
다.

"그 여인들도 잠시 자리를 비워 주었으면 하오만."

"흠, 무슨 일인지 점점 더 궁금해지는군. 너희들도 나가 있
어."

반라에 가까운 옷차림을 하고 있던 여인들이 엉덩이를 흔
들면서 방을 나갔다. 그중 두 여인은 북궁천을 향해 추파를
보내기도 했다.

"호호호호, 잘생긴 공자님, 나중에 봐요."

“언제든 찾아오시면 공짜로 대접해 드릴 게요.”

여인들마저 밖으로 나가자, 이제 적주원 곁에 남은 사람은 적주원 뒤에 서 있는 두 사람뿐이었다.

적주원이 자세를 바로하고는 웃는 얼굴로 말했다.

“이 두 사람은 내 옆에서 떨어지지 않네. 그러니 이해하게나.”

북궁천도 그들까지 내보내진 않았다. 적주원이 뒤를 맡겼다는 것은 그만큼 믿을 만한 사람이라는 뜻이었다.

“그들은 상관없소.”

“좋아. 이제 말해 보게. 내 재미를 앗아 가도 될 만큼 중요한 이야기가 아니면 각오해야 할 거야.”

북궁천은 말을 돌리지 않고 단도직입적으로 말했다.

“회주께선 동마방을 칠 생각이시오.”

생각지도 못한 말에 적주원이 움찔했다. 그의 입가에 떠 있던 웃음이 흔적도 없이 사라졌다.

“동마방을 친다?”

“그렇소.”

적주원의 두툼한 입술이 서서히 벌어지더니 대소가 터져 나왔다.

“하, 하하, 와하하하!”

그렇게 우스운 이야기는 처음 들어 본다는 듯 의자의 손잡이를 손바닥으로 내리치며 미친 듯이 웃던 그는 어느 순간 웃음을 뚝 멈췄다.

그러고는 어이없다는 투로 말했다.

"연 회주가 두어 번 승리하더니 너무 서두르는 것 같군."

"기회란 왔을 때 잡아야 하는 것 아니겠소?"

"그것도 능력이 있어야 할 수 있는 일이지."

"능력은 지난 이틀간 보여 줬다고 생각하오만."

적주원은 입을 꾹 닫고 북궁천을 빤히 쳐다보았다.

"자네가 동마방을 물 먹였다는 그 친구인가 보군."

"좋을 대로 생각하시오."

"아주 마음에 들어. 그 건방진 태도도 마음에 들고."

"나도 령주가 마음에 들려고 하오."

"그래? 그거 잘됐군. 그럼 이렇게 하지. 내 밑으로 들어오게. 최고의 대우를 약속하지. 어떤가?"

북궁천이 느릿하니 고개를 끄덕였다.

"그것도 좋은 생각이오. 그런데 나는 나보다 약한 사람 밑으로 들어가고 싶은 마음이 없소. 해서 하는 말인데, 나보다 강하다는 걸 증명해 보시오."

적주원의 넓적한 얼굴이 서서히 굳어졌다.

"농담이 지나치군. 지나친 농담은 화를 불러오는 법이라네."

"그 말은 나를 이긴 후에 해도 될 것 같소만. 이길 자신이 있다면 못 할 것도 없는 일 아니오?"

적주원의 짙은 눈썹이 송충이처럼 꿈틀거렸다.

"하긴 하늘 높은 줄 모르는 젊은이를 교육시켜 보는 것도 괜찮을 것 같군."

그는 흥이 돋은 어조로 말하며 천천히 몸을 일으켰다.

그의 키는 무척이나 커서 북궁천과 비슷했다. 거기다 허리가 아름드리나무처럼 굵었다.

그런데 그가 일어서자, 그의 뒤에 서 있던 두 사람 중 오른쪽에 서 있던 자가 급히 앞으로 나섰다.

"제가 상대해 보겠습니다, 령주."

적주원이 손을 저었다.

"아니야. 내가 직접 하겠다. 오랜만에 몸 좀 풀어 봐야겠어."

저주원은 솥뚜껑 같은 손을 맞잡고 우두둑 소리가 나도록 꺾었다.

두어 걸음 걷는 사이에 두 사람의 간격이 일 장으로 줄어들었다.

순간, 적주원이 냅다 주먹을 내질렀다.

일 장 거리가 찰나간에 좁혀지면서 커다란 주먹이 북궁천의 얼굴로 날아들었다.

그때만큼은 곰이 아니라 호랑이가 날아들면서 발을 휘두른 듯했다.

북궁천은 그 자리에 서서 손바닥으로 적주원의 주먹을 후

려쳤다.

퍽!

호랑이처럼 달려들었던 적주원이 쿵쿵거리며 일 장 뒤로 물러섰다.

눈빛이 흔들리는 걸 보니 제법 놀란 듯했다.

하지만 그는 자신이 밀렸다는 걸 인정하지 않았다.

공력을 끌어 올린 그는 몸을 날리며 쌍장을 엇갈려 쳐 냈다.

폭풍 같은 장력이 북궁천을 향해 쏟아졌다.

순간적으로 북궁천의 눈에 이채가 떠올랐다.

화령마도라는 별호로 인해 그의 장기가 도라 생각했는데, 권장법도 여느 권장법 고수 못지않게 강력한 것이다.

'제법이군.'

북궁천은 무심한 눈으로 그를 보며 북두패왕권을 펼쳤다.

적주원이 강하다 해도 천사교 장로에 비하면 약했다. 진평천에 비해서도 약했고. 그 정도로는 그를 어렵게 할 수 없었다.

격돌 삼초 만에 적주원의 안색이 시뻘게졌다. 그리고 오초가 되자 얼굴이 일그러졌다.

그는 장권이 허공을 격한 채 맞부딪칠 때마다 숨이 턱턱 막혀서 죽을 맛이었다.

콰광!

결국 굉음과 함께 뒤로 주르륵 물러난 적주원은 눈을 부릅
뜨고 북궁천을 노려보았다.

'이, 이런 빌어먹을! 어디서 이런 괴물 같은 놈이……'

"도를 쓰고 싶으면 쓰시오."

무심한 북궁천의 말에 적주원은 이를 악물었다.

모두가 알고 있듯 그의 장기는 도였다. 그러나 남들이 잘
몰라서 그렇지 장법 역시 도 못지않았다. 장법에서 밀린 이상
도로 이긴다는 보장이 없었다.

더구나 상대 역시 아직 검을 뽑지 않은 상태.

도를 뽑고도 진다면 무슨 개망신이란 말인가!

"죽기 살기로 싸우자는 것도 아닌데 도를 뽑을 필요까지
있겠나?"

곰도 다급해지니 잔머리를 굴릴 줄 알았다.

북궁천은 순순히 그의 뜻을 받아들였다.

"그리 생각하신다면 이쯤에서 멈추는 게 좋겠소."

적주원이 반색하며 고개를 끄덕였다.

"그게 좋겠군."

"그럼 이제 회주의 의견에 대해서 답을 주시오. 서마련에도
가 봐야 하니 너무 오래 머물 수는 없소."

"우리가 돕지 않는다면 동마방 공격은 어떻게 할 생각인
가?"

"그래도 공격할 거요. 단, 그때 가서는 령주께 돌아가는 것

이 없을 거요. 대신 서마련이 좀 더 챙길 수 있겠지요."

서마련과 북혈회가 손을 잡으면 동마방을 무너뜨리는 것도 어려운 일이 아니다.

서마련주 홍무수가 그걸 모를 리 없다.

적주원은 더 이상 망설이지 않았다.

죽은 고기나 탐하는 홍무수가 득의만만해하는 꼴은 눈에 흙이 들어가도 보고 싶지 않았다.

"좋네. 가서 말씀드리게. 이 적주원이 한 팔 거들기로 했다고 말이야. 그런데 언제쯤 공격할 건가?"

"두 시진 후에."

적주원이 자신도 모르게 입을 반쯤 벌렸다.

"그, 그렇게 빨리 말인가?"

"마음먹었을 때 해치울 생각이오. 공격 시간이 너무 빨라서 무사를 모집하기 힘들면 지금 말씀해 주시오."

"힘들긴! 내 즉시 준비하겠네."

"역시 화끈하시군요. 정말 마음에 드는 분이오."

"하, 하. 마음에 든다니 다행이군."

＊　　＊　　＊

화정루를 나선 북궁천은 상주 서쪽 외곽의 대원보에 따리를 틀고 있는 서마련주 홍무수를 찾아갔다.

홍무수를 만나는 일은 적주원을 만날 때처럼 간단하지 않았다.

세상 어느 누구도 믿지 않는 홍무수는 자신을 보호하기 위해서 검색을 철저히 했다.

"검을 풀어 놓고 들어가시오."

서마련측은 북궁천이 정문을 통과하자마자 해검을 요구했다.

북궁천은 순순히 검을 풀어 주었다.

그리고 홍무수가 있는 전각으로 들어가기 전에는 품속을 수색하려 했다.

"양팔을 벌리고 허락이 떨어질 때까지 움직이지 마시오."

북궁천도 그것까지는 허락하지 않았다.

"내 품은 누구도 뒤질 수 없다."

"흥, 거부하면 련주님을 만날 수 없소."

"만날 수 없다면 별수 없지. 결국 적 령주만 좋아지겠군."

북궁천은 미련 없이 몸을 돌렸다.

그 때 전각 안에서 카랑카랑한 목소리가 들렸다.

"그를 데려와라."

"예, 련주."

북궁천의 앞을 막았던 위사는 즉시 허리를 숙이고는 북궁천을 돌아다보았다.

"따라오시오."

북궁천은 당연히 그럴 줄 알았다는 듯 뒷짐을 지고 전각 안으로 들어갔다.

홍무수는 나이가 쉰 살이었는데, 언뜻 봐서는 환갑이 넘은 것처럼 주름이 많았다.

그는 한 뼘가량 늘어진 염소수염을 꼬며 북궁천을 맞이했다.

"적 령주는 적주원을 말하는 것이겠지?"

"그렇소."

"그의 무엇이 좋아질 거란 말이더냐?"

"원래는 남패령과 서마련, 그리고 우리 북혈회가 함께 동마방을 치고 동마방 세력을 나눌 생각이었소. 그런데 서마련이 빠지면 그만큼 얻는 게 많을 테니 당연히 좋아하지 않겠소?"

"동마방을 친다? 언제 말인가?"

"잠시 후에. 련주도 함께할 생각이 있으면 지금 결정을 내려 주시오."

*   *   *

"방주!"

악동초는 다급히 들어서는 마혼대주 이면추를 보며 벌게

진 눈을 들었다. 그의 앞에는 빈 술병이 두어 개 나뒹굴고 있었는데, 혼자서 그걸 다 마셨는지 숨을 쉴 때마다 주향이 짙게 뿜어졌다.

"무슨 일인데 그리 다급한 표정이냐?"

"바깥 공기가 심상치 않습니다, 방주."

"무슨 말이야?"

"엊그제부터 우리 구역을 기웃거리던 남패령 놈들이 하나도 보이지 않습니다."

"그래? 그거 잘됐군. 안 그래도 어부지리나 챙기려는 그놈들이 못마땅했는데."

"저, 그게 아니라, 왜 폭풍이 불기 전에 하늘이 더 고요해진다는 말이 있잖습니까?"

"그래서? 남패령 놈들이 우리를 공격할지 모른다는 말이라도 하고 싶은 거냐?"

"대비는 해 놓는 것이 좋을 것 같습니다."

"흥! 적주원, 그 곰 같은 놈은 겉보기보다 겁이 많은 놈이다. 승산이 확실치 않은 싸움을 먼저 걸어 올 놈이 아니야."

"북혈회가 그들을 꼬드겼을지도 모릅니다."

그 말에 악동초가 눈을 치켜떴다.

이제는 북혈회라는 이름만 들어도 핏대가 솟았다.

"그 개새끼들이?"

"그동안 눈치만 보던 자들이 북혈회로 몰려가고 있습니다.

이대로 며칠만 지나면 숫자로도 본 방에 밀리지 않게 될 겁니다."

"빌어먹을!"

쾅!

술잔을 세차게 내려놓은 악동초가 이를 악물고 전면을 노려보았다.

"놈들이 수작을 부린다면 나도 가만있을 수 없지. 중문."

한쪽에 조용히 서 있던 노중문이 대답했다.

"예, 방주."

"천사교가 북혈회에 사람을 파견한 적이 없는 게 확실하다고 했지?"

"어르신께서 그리 말씀하셨습니다."

"좋아, 그럼 네가 가서 다시 어르신을 만나라. 그리고 도움을 요청해."

노중문이 흠칫하며 악동초를 바라보았다.

천사교의 도움을 받는 대가가 무엇인지 아는 그로선 악동초의 결정이 걱정되지 않을 수 없었다.

"방주……."

"씨발, 이 악동초가 이대로 죽을 줄 알아? 그럴 순 없지. 절대 나 혼자 죽진 않아! 천사교에 모든 걸 넘겨주는 한이 있어도 북혈회 놈들만큼은 가만두지 않을 거다. 뭐 해? 빨리 가봐!"

노중문은 하는 수 없이 고개를 숙여 대답했다.

"알겠습니다, 방주."

                    *   *   *

상주의 안가에 머물며 마도세력의 움직임을 감시하던 교호명은 수하의 보고를 받고 대경했다.

"뭐야? 남패령과 서마련이 무사들을 급히 소집하고 있다고?"

"예, 당주."

'제기랄, 동마방을 공격할 생각인가?'

그게 아니면 이 밤중에 갑자기 무사를 소집할 리가 없다.

급박한 상황.

그런데 어느 쪽에서 주동한 일일까?

당장은 북혈회가 가장 의심스럽지만, 그들은 아직 동마방을 칠 힘이 안 된다.

반면 남패령주 적주원은 동마방을 칠 배짱이 없고, 홍무수는 지나칠 정도로 소심해서 급박하게 일을 벌이지 못하는 성격이다.

'맞아, 그놈들.'

문득 북혈회에 가입했다는 정체불명의 고수들이 떠올랐다.

동마방이 짧은 시간에 몰락한 것은 그들 때문이라 해도 과언이 아니다.

만약 그들이 북혈회주를 움직였다면? 남패령과 서마련을 끌어들였다면?

교호명은 일단 수하를 금천장으로 보냈다.

"속히 교령께 달려가서 이곳의 상황을 전해라. 나는 동마방으로 가서 싸움을 막으며 시간을 벌 테니까."

"예, 당주!"

수하가 방을 박차고 나가자 교호명은 이를 악물고 허공을 노려보았다.

'대체 어떤 놈들인데 그런 능력을……'

그 때였다. 갑자기 어떤 생각이 뇌리를 스쳤다.

'설마…… 마제……?'

교호명의 안색이 돌덩이처럼 딱딱해졌다.

"이런 빌어먹을! 내가 왜 그 생각을 못 했지?"

그의 잘못만은 아니었다.

천하제일의 모사라는 사뇌 숙야돈조차 그들이 마제 일행일 거라고는 생각지 못했다.

아들 때문에 마음이 급한 마제가 북혈회 같은 작은 단체 밑으로 들어가서 상주의 마도 무리와 노닥거리고 있을 거라 누가 생각이나 했겠는가.

"확인해 봐야 돼."

마음이 조급해진 그는 급히 밖을 향해 소리쳤다.

"적사, 속히 안으로 들어와 봐라."

순간.

쾅!

방문이 부서지며 한 사람이 안으로 날아들었다.

교호명의 측근인 우적사였는데, 목이 괴이하게 꺾어진 채 몸을 부들부들 떨며 죽어 가고 있었다.

"웬 놈이냐?"

대경한 교호명이 방문을 노려보며 소리쳤다.

커다란 덩치의 장추람이 뒷짐을 지고 안으로 들어왔다.

"너는 아무 곳도 못 간다, 천사교의 개."

교호명이 떨리는 눈빛으로 장추람을 보며 물었다.

"네가 마제냐?"

피식, 웃음을 지은 장추람이 뒷짐 진 손을 풀었다.

"사람들은 가끔 나와 주군을 착각하더군."

교호명은 상대가 마제의 수하임을 알고 재빨리 머리를 굴렸다.

우적사를 단숨에 제거한 실력이라면 자신이 상대할 수 없는 자였다.

'일단 이곳을 빠져나가자.'

그는 결정을 내린 즉시 바닥을 차고 창문으로 몸을 날렸다.

와장창!

창문을 부순 그는 어둠 속으로 빨려들었다.

하지만 장추람은 그 모습을 보고도 느긋했다.

"성질도 급하군. 그쪽으로 나가면 칼잡이가 기다리고 있다는 것을 말해 주려 했는데."

그의 말이 끝나기 무섭게 창문 밖에서 격전을 벌이는 소리가 들렸다.

그리고 몇 초 지나지도 않아서 비명에 가까운 신음이 들렸다.

"크으윽!"

그 직후 부서진 창문을 통해서 교호명이 안으로 날아들었다.

장추람은 온몸이 피로 물든 그를 내려다보며 고개를 저었다.

교호명은 목과 가슴이 반쯤 갈라져서 움직일 때마다 피분수가 솟구쳤다.

"멍청하긴. 그냥 모른 척하고 가만히 있었으면 살 수 있었을 텐데, 왜 쓸데없이 머리를 굴려서 죽음을 자초해?"

동마방이 무너지든 말든 신경 쓰지 않았으면 죽일 이유가 없었다.

죽여 봐야 벌집을 건드린 셈이 될 뿐, 북궁천 쪽도 이득 될 것이 없으니까.

그러나 그가 달려가서 천사교의 이름으로 싸움을 말리면

남패령과 서마련은 손을 뺄 가능성이 컸다.

벌집을 건드린 셈이 되더라도 그렇게 되도록 놔둘 수는 없었다.

장추람이 교호명의 죽음을 확인하고 돌아서는데 밖에서 냉호가 불렀다.

"다 정리됐으니 그만 가자, 추람. 공격 시간이 다 됐다."

第六章

개밥으로 주기도 아까운 놈

동마방 공격은 자정에 시작되었다.

북혈회와 남패령, 서마련이 각각 무사 이백오십 명씩 동원했다.

그들은 동마방 권역을 삼면에서 압박해 들어가며 벽성장으로 향했다.

쏴아아아아.

어둠 속에서 밀려가는 그 모습은 해일이 따로 없었다.

그야말로 삼각 해일이 동마방을 향해 몰려가는 듯했다.

"적이다!"

"적이 공격해 온다!"

　동마방 무사들은 악을 쓰며 악착같이 대항했지만 밀어닥친 해일을 막기에는 역부족이었다.

　더구나 그들과 같은 마도의 무리 중 목숨 걸고 동마방을 지키기 위해 싸우려는 사람은 많지 않았다.

　싸움이 시작된 지 얼마 되지도 않아서 상당수가 무기를 버리고 투항하거나 도망쳤다.

　악동초는 사방에서 적이 공격해 온다는 보고를 받고 악을 쓰며 수하들을 다그쳤다.

　"모두 나가서 놈들을 막아! 쌍혈신, 당신들도 나가서 놈들을 막으시오!"

　벽성장 내에 거주하는 무사의 숫자는 이백칠팔십.

　잠시만 견디면 천사교에서 지원무사들이 올 것이다.

　그들이 오면 전세를 뒤바꿀 수 있을 터. 악동초는 이를 갈면서 원한이 타오르는 눈빛으로 수하들을 독려했다.

　"천사교에서 지원무사들이 올 때까지만 견뎌라! 조금만 견디면 우리가 이길 수 있다!"

　동마방 무사들은 혹시나 하는 마음에 배수진을 치고 삼파 연합의 공격을 막았다.

　하지만 한번 기울어진 대세는 시간이 가면서 더욱 빨리 기울어졌다.

　그리고 올 거라 생각했던 천사교 무사들은 동마방 무사 절반이 죽어 갈 때까지도 올 생각을 하지 않았다.

그들은 생각도 못 했다.

천사교에 도움을 요청하러 간 노중문이 금천장 앞에서 발길을 틀었다는 걸.

한편, 북궁천은 아귀다툼 같은 난전에 끼어들지 않았다.

동마방의 괴멸은 그의 목적 중 일부일 뿐이었다.

급격한 변화로 인한 혼란.

천사교의 시선을 집중시키는 것.

더불어 천사교에 보탬이 될 수 있는 힘을 최대한 소모시킬 수 있다면 금상첨화였다.

자신이 방관해서 남패령과 서마련의 피해가 커진다 해도 그로선 나쁠 것이 없는 것이다,

적주원이나 홍무수가 그러한 사실을 알면 치를 떨 테지만, 북궁천은 그들의 마음을 챙겨 줄 여유가 없었다.

아들을 구하기 위한 소모품.

그것이 바로 북궁천이 생각하는 남패령과 서마련의 가치였으니까.

하기에 그는 난전에 일절 관여하지 않고 곧장 내부로 진입했다.

이미 호양곽으로부터 벽성장 내부에 대한 설명을 들은 터였다.

악동초는 벽화전이라는 이 층 전각에 기거하고 있으며, 그곳에 동마방이 지닌 재력의 대부분이 숨겨져 있다고 했다.

혈전이 절정을 향해 치닫는데도 나오지 않는 걸 보니 아직 그 안에 있는 듯했다.

"저놈들을 막아!"

벽화전 근처에 있던 동마방 무사들이 북궁천 일행을 보고 악을 쓰며 달려들었다.

장추람과 냉호, 철교신, 북풍사객이 그의 좌우에서 따라가며 막아서는 동마방 무사들을 휩쓸었다.

일개 마도 무리가 북천궁 최강의 싸움꾼인 삼룡사객을 막는다는 것 자체가 어불성설이었다.

검, 도, 창이 어둠을 가르며 휘둘러질 때마다 마른 갈대가 잘 벼려진 낫에 잘려 나가듯 동마방 무사들이 우수수 쓰러졌다.

"저 앞에 있는 건물이 벽화전입니다, 주군."

바짝 붙어서 뒤따라오던 호양곽이 앞을 가리키며 소리쳤다.

북궁천은 승천무풍행으로 몸을 날리며 우장을 내쳤다.

쾅!

전각의 문이 폭발한 것처럼 터져 나갔다.

북궁천이 부서진 문을 통과한 순간, 사방에서 예리한 기운이 쏟아졌다.

모두 네 줄기. 악동초의 호위무사들이 기다렸다는 듯 암습을 감행한 것이다.

그러나 그들은 북궁천의 몸에 접근도 못 해 보고 철벽에 부딪친 것처럼 튕겨 나갔다.

퍼버버벅!

"크억!"

"케에엑!"

내심 침입자의 죽음을 기대했던 악동초는 그 광경을 보고 눈이 튀어나올 것처럼 커졌다.

"서, 설마…… 호, 호신강기?"

"네가 악동초인가 보군!"

북궁천이 냉랭히 그를 부르며 우수를 뻗었다.

찰나간 공간이 이지러지며 가공할 장력이 밀려갔다.

술이 아직 덜 깬 악동초는 숨이 턱 막혔다.

하지만 끈기와 악기로 이십 년 넘게 강호를 횡행한 그는 순순히 굴복하지 않고 귀혈부를 빼 들었다.

"오냐! 내가 악동초다, 개자식아! 으아아아아아!"

그는 미친 듯이 귀혈부를 휘두르면서 북궁천을 향해 달려들었다.

그러나 건곤패력장은 악동초 따위가 감당하기에는 너무 강력했다. 더구나 북궁천은 시간을 끌고 싶지 않아서 팔성의 공력을 끌어 올린 상태였다.

콰르릉!

"크어억!"

붕, 이 장을 날아간 악동초는 탁자를 부수며 나가떨어졌다.

북궁천은 한 걸음에 거리를 좁히고 악동초의 앞에 섰다.

"사람을 개밥으로 준다면서? 어디 이번에는 네놈이 한번 개밥이 되어 봐라, 악동초."

"으으으으."

악동초는 상상만으로도 공포에 질린 듯 몸을 덜덜 떨었다.

"왜 두려우냐?"

그 때 벽화전을 빙 돌아서 뒤쪽으로 갔던 철교신이 무거운 표정을 지으며 안으로 들어왔다.

"주군, 저 뒤쪽에 송아지만 한 개가 있습니다."

"그래?"

"그 안에 뼈만 남은 시신이 있는데, 머리도 다 뜯어먹고 반밖에 남지 않았습니다."

호양곽도 그 광경을 봤는지 착잡한 표정으로 말했다.

"저번에 영월루에 왔던 풍단입니다, 주군."

비록 죽이고 싶을 만큼 싫어하는 자였지만 개의 먹이가 된 걸 보니 마음이 편치 않았다.

북궁천은 그 말을 듣고 눈빛이 새파랗게 번뜩였다.

"정말 사람이기를 포기한 놈이로군. 너 같은 놈은 개밥으로 주기도 아깝다.”

펙!

북궁천이 발로 차서 악동초를 호양곽 앞으로 날려 버렸다.

“호양곽, 네가 처리해라.”

호양곽은 조금도 망설이지 않고 발을 들어서 악동초의 등을 밟아 버렸다.

우드드득.

등뼈가 으스러지며 악동초의 쩍 벌어진 입에서 핏덩이가 쏟아졌다.

“끄어어어억.”

북궁천은 악동초가 죽어 가는 모습을 보며 차가운 목소리로 명을 내렸다.

“냉후, 그 개새끼들, 목을 쳐서 죽여라. 그리고 호양곽, 이놈이 숨긴 것을 모두 찾아내라.”

*　　*　　*

동마방의 몰락 사실이 금천장에 알려진 것은 자시가 거의 다 지나갈 무렵이었다.

숙야돈은 귀밀영 수좌인 고구선의 보고를 받고 침상에서 벌떡 일어났다.

“뭐? 동마방이 무너졌다고?”

"예, 교령. 그리고 교 당주와 귀안당 무사 셋이 시신으로 발견되었습니다."

숙야돈은 어이가 없었다.

손쓸 새도 없이 상주의 판도가 뒤집어졌다.

설마 이렇게 빨리 동마방이 무너질 줄이야.

게다가 상황 파악을 위해 상주에 나가 있던 교호명과 귀안 당 무사들마저 시체로 발견되었다고 하지 않는가.

유원당을 암살했다는 보고를 받고 즐거웠던 기분이 한순 간에 더럽게 변해 버렸다.

뭐가 어디서 어떻게 잘못된 걸까?

'안 되겠군. 그동안 놈들을 너무 방치했어.'

정파연합과 대치한 상태에서 우군이라 할 수 있는 자들을 억지로 건드릴 이유가 없었다.

언제든 필요하면 동원할 수 있는 자들인데 신경전을 벌일 이유가 뭐 있단 말인가?

게다가 대부분이 어중이떠중이 낭인들이어서 실제 쓸 만한 자는 얼마 되지 않았다.

그래서 자연스럽게 흐르도록 놔두었는데 일이 이상하게 꼬 이고 있었다.

'이제부터는 놈들을 본 교의 틀 안에 가두어 놓고 철저히 관리해야겠어.'

천사교의 당주가 죽었다는 것만으로도 그들을 억누를 이

유는 충분했다.

그런데 한 가지 의문에 골치가 아팠다.

그들이 왜 교호명을 죽인 걸까?

교호명을 죽이면 천사교가 가만있지 않을 거라는 걸 모를 리 없을 텐데.

만약 그들이 죽이지 않았다면? 그럼 누가 죽인 걸까?

교호명을 죽여야만 할 이유가 있는 사람은?

'아무래도 이상해.'

어쩌면 동마방의 괴멸보다 교호명의 죽음이 더 중요한지도 모른다.

"구선, 네가 직접 나서서 교호명의 사인을 철저히 조사해 봐라."

"예, 교령."

동마방 괴멸 소식은 장로원에도 전해졌다.

장로원주 방철산의 오른팔이라 할 수 있는 장환이 득달같 이 달려가서 소식을 전한 것이다.

"멍청한 새끼! 내 그렇게 함부로 날뛰지 말라고 했거늘!"

방철산은 소식을 듣고 얼굴이 벌게졌다.

악동초의 뒤를 봐준 지 석 달. 그동안 동마방은 승승장구 해서 상주 제일의 세력이 되었다. 당연히 그의 호주머니도 두 툼해졌고.

덕분에 그는 그 돈으로 간부들을 관리해서 천사총령 주서광에게 미약하나마 우세인 입장이었다.

그런데 돈줄이던 동마방이 무너졌으니 앞으로는 간부들 관리하기가 쉽지 않을 것이 분명했다. 또 다른 세력을 끌어들인다면 몰라도.

시간이 가면서 분노를 가라앉힌 그는 동마방에 대한 미련을 털어 버리고 대책을 강구했다.

"그 일을 북혈회가 주도했다고?"

"그런 것으로 압니다, 원주."

"언제 그놈들을 한번 만나 봐야겠군."

"원주, 차라리 적주원이나 홍무수를 만나 보시는 것은 어떻겠습니까?"

"그들을?"

"승리를 하긴 했어도 암중으로는 북혈회에 위협을 느끼고 있을 겁니다. 아마 원주께서 손을 내민다면 감격하며 무릎을 꿇을 겁니다."

"흐음, 그것도 괜찮은 생각이군."

"허락하신다면 속하가 먼저 그들의 마음을 떠보겠습니다."

방철산은 장환의 말에 고개를 끄덕였다. 아무래도 자신이 직접 나서는 것보다는 수하가 나서는 게 나았다.

"그렇게 해."

　　　　＊　　　＊　　　＊

　동마방이 무너진 지 한 시진 후.

　삼파의 수뇌부는 영월루에 모여서 동마방 권역을 나누었다.

　누가 뭐래도 북혈회의 공이 가장 컸다. 그 점은 적주원이나 홍무수도 모르지 않았다.

　하지만 공이 크다 해서 자신들보다 훨씬 많은 것을 얻게 할 수는 없었다.

　북혈회의 입장을 대변하는 연소랑은 북궁천이 말해 준 대로 적주원과 홍무수를 상대했다.

　"우리도 남패령이나 서마련보다 월등히 많은 것을 얻을 생각은 없어요. 당장의 이득을 위해서 우리 관계를 해치고 싶진 않으니까요. 그래도 최소한 벽성장만큼은 우리에게 넘겨주셔야 해요."

　벽성장은 동마방의 상징과도 같았다.

　그곳을 얻으면 동마방의 반을 얻은 것이나 마찬가지였다.

　적주원과 홍무수로서는 아깝긴 해도 거부할 수가 없었다.

　어차피 벽성장을 나누어 가질 수는 없는 일이었다. 그런데 세 세력 중 벽성장을 차지할 자격이 가장 큰 곳은 북혈회인 것이다.

　"대신 화화루 일대는 우리 남패령이 갖겠소."

적주원은 벽성장을 넘겨주는 대신 화화루를 택했다.

흥무수도 서쪽 대로와 이어진 환금장의 비밀 도박장과 포목전 일대의 권리를 택했다. 그 정도면 벽성장 만은 못해도 화화루 일대의 이권에 뒤지지 않았다.

삼파의 수뇌부가 상주의 상권을 놓고 머리싸움을 하고 있을 때, 북궁천은 벽화전을 뒤져서 가져온 노획물을 살펴보았다.

호양곽 덕분에 악동초의 비밀창고를 쉽게 찾아서 포대에 싹 쓸어 담아 온 터였다.

대부분이 황금과 전표였고, 만금의 가치가 있는 보물도 상당수였다.

악동초가 얼마나 긁어모았는지 금액을 계산하기도 힘들 만큼 거액이었다.

거기다 이런저런 서류도 있었는데, 제법 흥미로운 서류가 많았다.

돈을 지출한 내역 중 방철산의 이름이 있었고, 그가 보낸 서찰 몇 장도 첨부되어 있었던 것이다.

"생각지도 않게 부자가 되었군."

뜻밖의 횡재가 싫진 않았다.

황금은 귀신도 부린다고 했다.

지금 눈앞에 있는 황금이 진아를 구하는 데 도움이 될 수도 있는 것이다.

"호양곽, 최근 들어 천사교에 가입한 자들 중 돈으로 움직일 수 있는 자를 알고 있느냐?"

"몇 명이나 필요하십니까?"

최근 천사교에 가입한 자들은 기존의 교도들과 마음가짐이 다를 수밖에 없다. 그들이 천사교에 가입한 목적은 욕망 때문이다.

목숨을 내걸어도 될 만큼 거금을 안겨 준다면 손을 내밀 자가 부지기수다.

"액수는 상관없으니 쓸 만한 자들을 알아봐. 기왕이면 금천장 내부에 있는 자들로."

"예, 주군."

그 때 밖에서 경비무사가 안에 대고 말했다.

"대주, 드릴 말씀이 있습니다."

경비를 서고 있는 자들은 호양곽의 수하인 흑운대 무사들이었다.

호양곽은 북궁천을 향해 고개를 숙여 양해를 구하고 밖으로 나갔다. 그리고 잠시 후 다시 들어오더니 묘한 표정으로 말했다.

"주군, 악동초의 최측근이었던 노중문이 주군을 뵙자고 합니다. 어떡하시겠습니까?"

"그대가 봤을 때 그는 어떤 자인가?"

“손속이 독해서 단혼절수라 불립니다만, 악동초처럼 극악한 친구는 아닙니다.”

“자네와의 사이는 어땠지?”

“동마방에서 마음 터놓고 이야기할 수 있는 친구는 몇 안 되었습니다. 그런 친구 중 하나였지요.”

“그런 자가 어떻게 악동초의 호위무사대를 맡았지?”

“무당파 제자를 죽이고 쫓길 때 악동초가 목숨을 구해 준 적이 있습니다.”

“그래? 좋아, 그대를 믿고 만나 보겠다.”

*　　*　　*

노중문은 구석진 골목길 안쪽에 있는 낡은 주루에서 기다리고 있었다.

술을 얼마나 마셨는지 얼굴이 시뻘겠다.

호양곽이 북궁천과 함께 주루로 들어가자 고개를 돌린 그가 쓴웃음을 지었다.

“두들겨 맞은 강아지처럼 떠나더니 혈색이 좋아졌군.”

호양곽이 노중문의 맞은편에 앉으며 투덜댔다.

“너도 나처럼 개밥 취급을 받으면 미련 없이 박차고 나왔을걸?”

“크크, 그건 그렇지. 나도 개밥은 되기 싫으니까.”

“풍단을 개밥으로 만들었더군.”

“하나 있는 친구를 떠나게 만들었으니 개밥이 되어도 싼 놈이지.”

“악동초 곁에 있을 줄 알았는데 없더군. 어떻게 된 거야?”

“방주가 천사교에 도움을 청하라더군. 그런데 금천장이 가까워지니까 짜증이 나지 뭔가. 그래서 돌아섰지. 죽 쒀서 개 줄 순 없잖아?”

“악동초가 급했군. 천사교에 동마방을 통째로 바치고 법당주 노릇이라도 하는 게 나을 거라 생각했나 보지?”

“나는 정파 놈들도 싫지만 천사교도 싫네. 그놈들이야말로 정말 미친놈들이지.”

호양곽도 잘 안다는 듯 고개를 주억거렸다.

천사교에 가입하지 않고 상주에 남은 마두인 중 천사교를 진심으로 좋아하는 사람은 많지 않다. 그저 그들이 강하니까 고개를 숙이는 것뿐.

아마 그들이 강제로 병합하려 한다면 적어도 반은 상주를 떠날 것이다.

호양곽도, 노중문도 그런 사람 중 하나였다.

“인사드리게. 내가 주인으로 모신 분이네.”

노중문은 그제야 북궁천을 정면으로 바라보았다.

동마방을 며칠 만에 몰락시킨 장본인이 앞에 있었다.

가만히 앉아 있을 뿐인데 가슴이 뭔가에 짓눌린 듯 묵직했

다. 사실 호양곽에게 자꾸 말을 붙인 것도 그런 기분을 벗어
나 보려는 발버둥이었다.

하지만 소용이 없었다.

상대에게서 느껴지는 압박감은 발버둥 칠수록 더욱 칭칭
감겨들며 그를 옭아맸다. 자신이 마치 끈끈한 거미줄에 걸린
나방 같다는 생각이 들 지경이었다.

결국 대항을 포기한 그는 자신의 감정에 순응했다.

"노중문이오."

사실 노중문이 그런 느낌을 받은 것은 북궁천이 고의로 상
대의 정신을 압박했기 때문이었다.

'내 앞에서는 어떤 수작도 통하지 않는다.' 그런 뜻으로 말
이다.

"나를 만나자 했을 때는 그만한 이유가 있겠지?"

"그렇소."

"거래를 하고 싶은가?"

"그렇게 생각해도 무방하오."

"말해 봐라. 괜찮은 이야기면 그에 합당한 대가를 치르
지."

노중문은 몇 마디 건네는 사이 입이 바짝 말랐다.

독심마도 호양곽이 무릎을 꿇었다는 말을 듣고 어느 정도
각오하긴 했지만 설마 이 정도일 줄은 상상도 못 했다.

비록 턱걸이나마 절정 경지에 오른 자신이 숨쉬기도 힘들

정도라니.

천천히 숨을 들이쉬어서 마음을 가라앉힌 그는 자신이 알고 있는 사실을 털어놓았다.

"악동초는 천사교의 이인자라 할 수 있는 장로원주 방철산과 통하고 있었소."

순간적으로 북궁천의 눈 깊은 곳에서 한광이 번쩍였다.

"방철산과?"

"그에게 다달이 거액을 건네는 대가로 안전을 보장받고 있었던 거요. 그런데 이제 악동초가 죽고 동마방이 무너졌으니 그는 큰 손실을 입은 셈이오."

그 일은 북궁천도 서류를 보고 짐작한 터였다.

"뭔가 조치를 취하겠군."

"아마 새로운 돈줄을 잡으려 할 거요. 역시 안전을 보장해 주는 대가로. 아마 모르긴 몰라도 그와 거래를 하게 되는 세력이 앞으로 상주를 휘어잡게 될 거요."

노중문의 말도 일리가 있었다.

천사교의 이인자가 뒤를 봐준다는 것은 엄청난 특권이었다.

'돈맛을 봤으니 최대한 많은 돈을 받아 내려 하겠군.'

어쩌면 경쟁을 시켜서 많이 주는 곳을 택할지도 모른다.

만약 그가 적주원이나 홍무수와 거래를 한다면 북혈회는 치명적인 타격을 입을 것이다.

그 점만 생각해도 노중문의 정보는 상주의 세력 판도를 바꿀 수 있을 만큼 엄청난 가치가 있었다.

"그와 연결할 수 있는가?"

"할 수 있소. 그런데 혹시라도 그와 거래를 하려면 먼저 알아 두어야 할 것이 있소."

"말해 봐라."

"그는 상주에 있는 마도인들을 필요할 때 쓰고 소용없으면 버리는 소모품 정도로 생각하고 있소. 그를 상대하려면 각오를 단단히 해야 할 거요."

북궁천의 입가에 온기 없는 미소가 번졌다.

"나는 악동초가 아니다."

노중문이 어깨를 늘어뜨리고 쓴웃음을 지었다.

"하긴…… 당신이라면 다를지도 모르겠소."

"그와 연결해 주는 대가로 내가 뭘 해 주기를 바라지?"

노중문은 바로 대답을 못 하고 술잔만 만지작거렸다.

호양곽을 통해 단천이란 자를 만나기로 하면서부터 모든 것을 다 생각해 두었다.

방철산과 연계시켜 주는 대가로 은자 천 냥을 받으면 고향으로 돌아가자. 그 돈이면 객잔을 하든 주루를 하든 뭐든 할 수 있겠지.

그런데 입이 떨어지지 않았다.

그 때 북궁천이 직설적으로 물었다.

“돈을 바라는가?”

노중문이 자신도 모르게 대답했다.

“아, 아니오.”

아차, 했지만 이미 밖으로 흘러나온 후였다.

“그럼 뭘 바라지?”

이제 와서 다시 돈을 달라고 할 수도 없고…….

노중문이 머뭇거리자 호양곽이 넌지시 말했다.

“이봐, 나와 함께 지내는 건 어떤가?”

“자네와?”

노중문은 그제야 자신이 왜 망설였는지 깨달았다.

그는 아직 강호에서 떠나고 싶은 마음이 없었던 것이다.

서른여섯 살.

강호를 떠나기에는 피가 너무 뜨거웠다.

“어차피 이렇게 죽으나 저렇게 죽으나 한 번 죽는 건데, 화끈하게 살다 죽는 것도 괜찮지 않을까?”

호양곽이 노중문의 심장에 불씨를 던졌다. 거부하기에는 너무 뜨거운 불씨였다.

노중문은 벌게진 눈을 들어서 북궁천을 직시했다.

“받아…… 주시겠소?”

북궁천이 답했다.

“난 비겁한 놈을 싫어한다. 동료를 버리는 놈도 싫어하고. 물론 악동초 같은 놈은 제외해야겠지. 그 두 가지를 지킬 자

신이 있으면 따라와. 아! 좋아하는 여자를 슬프게 하는 놈도
싫어해."
　"예?"
　"지킬 자신 없어? 그럼 없던 이야기로 하지."
　"아, 아닙니다. 지키겠습니다."

＊　　＊　　＊

　아침 해가 밝아 온 지 얼마 되지 않은 시각.
　철걱, 철걱, 철걱…….
　무사 백여 명이 상주의 대로를 따라 걸었다.
　천사교 무사들이었다.
　그들이 걸을 때마다 등과 허리에 매달린 무기에서 철걱거
리는 소리가 울렸다.
　숙야돈이 탄 가마를 멘 자들은 그들의 중앙에서 걸었다.
　양민들은 한쪽으로 비켜서서 겁에 질린 표정으로 그 광경
을 바라보았다. 한몫 잡기 위해 상주에 들어온 무사들도 호
기심 반 두려움 반이 뒤섞인 눈빛으로 천사교 무사들의 뒤를
좇았다.

　숙야돈은 천사교 무사들과 함께 곧장 북혈회의 총단이 있
는 조양장으로 갔다.

조양장은 천사교를 움직이는 이대교령 중 하나인 사교령 숙야돈이 방문하자 긴장감이 감돌았다.

연풍척은 연소랑과 영호신을 비롯한 삼당의 당주를 대동하고 마중 나갔다.

"천사교의 사교령께서 어인 일로 여기까지 왕림하셨습니까?"

가마에서 내린 숙야돈은 차가운 눈빛으로 연풍척을 보며 붉은 입술을 뗐다.

"동마방을 집어삼켰다는 말을 듣고 축하해 주러 왔네."

"그 일을 어찌 저희 북혈회만의 힘으로 했겠습니까?"

"남패령주와 서마련주를 북혈회에서 끌어들였다고 들었네. 내가 잘못 안 건가?"

"그분들이 어디 제 말에 움직이실 분들입니까? 동마방이 지나치게 몰아붙이지만 않았다면 제가 어떤 말을 해도 손을 잡지 않으셨을 겁니다. 여기서 이러실 게 아니라 안으로 들어가시지요."

연풍척은 능수능란하게 말을 돌리고 숙야돈을 안으로 안내했다.

숙야돈은 그런 연풍척을 보면서 이채를 반짝였다.

두어 달 전 벽성장에 가서 악동초를 만난 적이 있었다.

악동초는 바짝 긴장해서 당황한 기색이 역력했다. 그런데 악동초만 못하다는 연풍척은 자신을 대하고도 흔들리지 않앉다.

'역시 소문은 믿을 게 못 돼.'

하지만 그가 미처 모르고 있는 사실이 있었다. 며칠 전이었다면 연풍척도 당황해서 악동초와 비슷한 반응을 보였을 거라는 걸.

북궁천을 대하면서 눈이 높아진 연풍척에게 그는 이제 전처럼 높은 산이 아니었다.

방 안에서 탁자를 가운데 두고 마주 앉은 숙야돈은 시비가 내온 차로 입술을 적시고 말문을 열었다.

"듣자 하니 쓸 만한 고수들을 끌어들였다던데, 그들을 좀 봤으면 좋겠군. 특히 악동초를 죽였다는 놈 말이야."

"소문이 너무 과장된 것 같습니다. 젊은 친구들이 그럭저럭 괜찮은 실력을 지니긴 했지만 사교령의 눈에 찰 정도는 아닙니다. 정말 대단한 자들이라면 뭐하러 제 밑으로 들어오겠습니까?"

"하긴…… 그래도 젊다고 하니 어떤 친구들인지 궁금하군."

연풍척은 자연스럽게 아쉬운 표정을 지으며 미안함이 가득한 어조로 말했다.

"저도 그들과 식사를 함께할까 했는데, 해야 할 일이 많아서 시간을 맞추기 힘들 것 같다는 연락이 왔습니다."

"어디 있는지도 모른단 말인가?"

　"동마방의 지역을 정리하려면 아무래도 한곳에 있지 않을 테니…… 정 원하신다면 찾아보라고 하겠습니다만 시간이 제법 걸릴 것입니다."

　"그래? 아쉽군. 꼭 좀 봤으면 싶은데 나도 바쁜 몸이니 오래 기다릴 수가 없군. 그보다 회주, 곧 정파연합과 대대적인 싸움이 벌어질 거라는 사실을 잘 알고 있겠지?"

　"물론 알고 있습니다."

　"그때 힘을 좀 보태 줘야겠어."

　"당연히 힘을 보태야지요."

　"좋아, 기대하지."

　숙야돈은 담담한 표정으로 고개를 끄덕였다. 그러고는 뱀처럼 싸늘한 눈으로 연풍척을 직시했다.

　"혹시나 해서 노파심에 하는 말이네만, 지나친 욕심은 부리지 말게. 과욕을 부리면 지금 얻은 것도 잃게 될 거야."

　"명심하겠습니다."

　"흠, 그 정도면 내 말을 알아들었을 거라 믿고 그만 가 보겠네. 아, 그 악동초를 죽였다는 놈이 돌아오면 금천장으로 보내게. 아무래도 내일 나오기가 쉽지 않을 것 같아."

　"알겠습니다, 교령."

　연풍척은 미소를 지으며 고개를 숙였다.

　하지만 겉과 달리 속마음은 조마조마했다.

　단천 일행은 현재 북혈회의 가장 큰 기둥이라 할 수 있었다. 천사교가 만약 그들을 억류하기라도 한다면 북혈회로선 크나큰 손실이었다.

더구나 연풍척은 단천 일행이 천사교에 좋지 않은 감정을 가졌다는 걸 느끼고 있었다.

만에 하나 싸움이라도 벌어지면, 단순하게 손실을 보는 정도로 끝나지 않을 듯했다.

'후우, 일단은 그 친구가 잘 처신하기를 바라는 수밖에.'

조양장을 나선 숙야돈의 두 눈에서 음산한 눈빛이 번뜩였다.

'단 며칠 사이에 동마방을 무너뜨렸다. 연풍척이 생각보다 뛰어나긴 하지만 그 정도는 아니야. 그렇다면 결국 그놈들이 어떤 식으로든 주도적인 역할을 했다는 말인데……'

교호명의 죽음이 무척이나 아쉬웠다.

동마방이 무너지기 전에 삼파의 움직임을 알았다면 동마방을 구할 수 있었을지도 모르거늘.

또한 그 기회에 삼파의 목줄도 틀어쥘 수 있었을 것이고.

'대체 어떤 놈들이 교호명과 귀안당 무사들을 죽인 거지?'

의심 가는 자들이 없는 것은 아니었다.

'북혈회의 그놈들이 수상해.'

가능성은 얼마든지 있었다.

한 시진, 아니, 반 시진만 먼저 알았어도 동마방의 괴멸을 막을 수 있었을지 모른다. 천사교가 움직이는 것을 막기 위해 그들을 죽일 수도 있는 것이다.

아니면 교호명이 뭔가 비밀을 알아냈기 때문에 죽인 것일 수도 있고.

'구선이 꼬리만 잡아내도 좋을 텐데…….'

그럼 나머지는 자신이 어떻게든 엮을 자신이 있었다.

남패령으로 가려던 그는 방향을 돌렸다.

"종가장으로 먼저 가자."

종가장은 귀안당이 정보를 수집하기 위해 사용하는 안가 중 하나였다. 교호명이 죽은 곳.

*   *   *

숙야돈이 조양장을 나설 무렵.

북궁천은 어제까지만 해도 동마방 관할이었던 동쪽 외곽의 객잔 밀실에서 정화문의 일행 두 사람을 만났다.

그중 한 사람은 전 금천장주 금옥궁의 사촌이라는 중년인이었고, 한 사람은 백발노인이었다.

그들은 강호인이 아니라 상인이었다.

"가린이를 구해 주면 은자 삼천 냥을 드리겠소."

삼천 냥이 큰 금액이긴 하지만 지금의 북궁천에게 필요한 것은 황금이 아니었다.

"우리 솔직히 까놓고 이야기합시다. 단순히 내가 강해서 아이를 구할 수 있다 생각하는 건 아닐 것이고, 나에게 말하지 않은 뭔가가 있는 것 같은데, 그게 뭐요?"

북궁천의 말에 중년인의 눈빛이 흔들렸다.

그는 바로 태연한 표정을 지으려 했지만 그 정도로는 북궁천의 눈을 속일 수 없었다.

"나는 나를 믿지 못하는 사람과는 함께 일하지 않소. 말하기 싫다면 없었던 일로 합시다."

그제야 노인이 입을 열었다.

"좋소. 이야기하겠소."

중년인이 흠칫하며 노인을 바라보았다.

"숙부님."

"지금은 가린이를 구하는 게 무엇보다 중요하니라."

노인은 중년인의 입을 막고 주름진 눈으로 북궁천을 응시했다.

"금천장 지하에는 비밀통로가 얽혀 있소. 우리는 저들이 이미 그 통로를 발견했을 거라 생각하고 있소. 하지만 비밀통로에서 뻗어 나간 길 중 단 한 곳만큼은 저들도 발견하지 못했을 거라 생각하고 있소. 그곳을 통해서 빠져나오면 저들의 추적을 피할 수 있을 거요."

천사교가 발견하지 못한 비밀통로.

아마도 이들이 입을 닫고 말하지 않는 이유는 그 통로의 중요성 때문인 듯했다.

"그 통로가 무슨 보물창고와 연결되어 있기라도 한 거요?"

북궁천은 떠보듯이 가볍게 물었다.

그런데 노인이 의외의 대답을 했다.

"그렇게 생각해도 무방하오. 금천장의 역사가 보존된 비고와 연결된 통로니까."

억! 장난처럼 물어봤는데 정말이었다니!

말은 역사가 어쩌고저쩌고하지만 눈치를 보니 보물창고인 듯했다.

"그 통로는 철저히 감추어져 있는 데다 비밀문을 여는 방법을 알지 못하면 아예 들어갈 수도 없소."

"금천장이 축적한 부라면 엄청나겠군."

"함부로 욕심내면 들어간다 해도 나올 수 없으니 조심하시오."

"대체 얼마나 되는 거요?"

"우리도 그 안에 든 물건이 어떤 것인지 정확히는 모르오. 그대로 사악한 자들에게 넘어가면 선조께 죄가 될까 봐 회수하려는 것일 뿐."

"좋습니다. 뭐, 나야 받기로 한 보수만 받으면 되는 일이니까. 사실 돈은 적당히 있을 때가 좋거든요."

북궁천은 어깨를 으쓱 추켜올리며 담담히 말했다.

노인이나 중년인은 그의 말을 눈곱만큼도 믿지 않았다. 세상에 황금을 싫어하는 사람이 어디 있단 말인가?

그래도 어쨌든 그의 말을 믿는 척했다.

"그리 생각한다니 다행이오."

"그런데 통로는 어디에 있소?"

"일을 시작하면 내부에 있는 우리 쪽 사람이 알려 줄 거요."

"비밀문은 여는 방법도 그들을 만나야만 알 수 있소?"

"문을 여는 방법은 가린이가 알고 있을 거요."

결국 그런 것이었나?

가린이라는 아이가 보고의 비밀문을 여는 방법을 모르던가, 아니면 이들이 비밀문을 여는 방법을 알고 있다면 거액을 들여 가면서 그 아이를 구하지 않았을지도 모른다.

자신이 너무 넘겨짚어서 생각하는 것일지도 모르지만, 아무리 생각해도 자신의 생각이 맞는 듯했다.

한편으로는 그 아이가 모르고 있을지 모른다는 생각도 들었다.

이들은 '알고 있을 거요.'라고 했다.

모를 수도 있다는 뜻이다.

어쨌든 그것은 나중에 알아보면 될 일.

북궁천은 아무것도 모르는 사람처럼 순순히 그들의 청을 수락했다.

그로서는 마다할 이유가 없었다.

　비밀통로를 통해서 금천장을 무사히 빠져나올 수 있다면 진아를 구하기도 그만큼 쉬워질 테니까.

　"좋소. 청을 수락하겠소. 대신 선금으로 일천 냥을 내놓으시오. 설마 전부 후불로 주겠다는 건 아니겠지요?"

　중년인은 못 미더운 표정으로 노인을 일견한 후에 노인이 고개를 끄덕이자 품속에서 종이봉투를 꺼냈다.

　"계약금으로 천 냥은 너무 많소. 우리가 준비한 것은 오백 냥이오. 중원제일이라는 장안전장에서 발행한 전표니 믿어도 될 거요."

　요즘 참 돈이 흔하다. 은자 오백 냥이면 일가족이 십 년은 먹고살 돈인데 말 몇 마디에 생기다니.

　북궁천은 즐거운 마음으로 전표를 챙겼다.

　"좋습니다. 일단 이것부터 받죠. 대신 약속을 어기면 그만한 대가가 돌아갈 거요. 명심하시오."

　"그것은 귀하 역시 마찬가지요. 선금만 떼어먹고 일을 하지 않으면 배로 물어내야 할 거요."

　"걱정 마쇼. 만약 내가 약속을 지키지 않고 사라지면 북혈회에 가서 연소랑에게 천 냥을 달라고 하시오. 그럼 두말 않고 줄 것이니까. 그럼 나는 이만 가 보겠소. 일을 시작하면 정화문에게 말해 놓도록 하죠."

　북궁천이 밀실을 나가자 중년인이 걱정스런 표정으로 말했다.

"숙부님, 저자에게 괜히 비고에 대해서 말한 것 아닐까요?"

"어쩔 수 없다. 어차피 가린이와 함께 그 통로로 들어가면 알게 될 일이 아니더냐?"

"하긴 그렇지요. 그런데 저자가 가린이를 구할 수 있을지 모르겠습니다."

"일단 믿어 보자. 며칠 만에 동마방을 괴멸시킨 자가 아니냐? 더구나 황금에 눈이 멀면 없던 힘도 생기는 법이다. 때로는 불가능한 일도 가능하게 만들지. 그게 바로 황금의 힘이니라. 너는 저자가 성공할 경우 뒷수습할 준비나 철저히 해 놓아라."

"알겠습니다."

"설령 실패한다 해도 정파연합이 천사교를 무너뜨릴 때까지 기다리면 될 일. 너무 급하게 마음먹지 말고 지켜보도록 하자."

第七章
개밥으로 만들어 버릴 놈들

숙야돈은 교호명의 시신을 뚫어지게 쳐다보았다.

관 속의 시신은 벌써 부패하고 있었지만, 상흔을 살펴보는 것은 어렵지 않았다. 의외라 할 만큼 너무나 선명했으니까.

'대단한 고수가 휘두른 칼에 당했다.'

그의 생각을 확인시켜 주듯 옆에서 고구선이 심각한 표정으로 말했다.

"대단한 실력을 지닌 자에게 당했습니다. 누군지 모르지만 결코 제 아래에 있는 자가 아닙니다."

"상주에서 이런 도흔을 남길 만한 실력을 지닌 도객이 몇이나 될 거라고 보느냐?"

"다섯을 넘지 않을 것입니다."

숙야돈은 고구선의 말을 인정하며 천천히 고개를 끄덕였다.

교호명은 북혈회를 주 목표물로 정하고 감시를 지휘했다.

현재 가장 의심 가는 자들은 북혈회에서 영입했다는 자들이다. 그들이 범인이라면 예상했던 것보다 더 뛰어난 실력이라고 봐야 했다.

'놈을 금천장으로 보내라 했으니 그때 확인해 보면 되겠지.'

만약 놈들이 오지 않는다면 그걸 핑계로 북혈회를 압박하면 된다.

손해 볼 것이 없었다.

                    *   *   *

휘이이잉!

강한 바람에 낡은 문이 덜컹거렸다.

마른 땅에서 피어난 흙먼지가 누렇게 변색된 지붕을 휩쓸고 지나가는 오후.

"바람 한번 더럽게 불어 대는군."

북궁천이 실눈을 뜨고 투덜거리며 현도관 문을 밀었다.

미리 냉호를 보내서 연락을 취해 놓은 상태. 문이 열려 있는 걸 보니 진평천 등이 먼저 온 듯했다.

그는 내부를 휘둘러본 후 전에 만났던 전각으로 걸어갔다.

아니나 다를까, 그가 다가가자 방문이 열렸다.

북궁천은 마치 자신의 집이라도 되는 듯 자연스럽게 들어가서 의자에 털썩 앉았다.

그의 맞은편에는 진평천과 명원 도장, 그리고 송선 도장만 앉아 있었다.

"여러분들이 동원할 수 있는 무사는 몇이나 됩니까?"

북궁천이 삐딱하니 고개를 들고 물었다.

진평천이 머릿속으로 숫자를 생각하며 대답했다.

"종남과 화산의 제자가 이백 정도, 그 외에 우리를 돕겠다는 자들이 칠팔십 정도 되네."

"실력이 별 볼 일 없는 사람은 빼고 말씀해 보쇼. 적과 부딪치면 빠르게 치고 빠져야 하는데 어중간한 사람은 방해만 될 뿐이니까."

무시당했다는 생각이 들었는지 송선 도장이 눈을 부라렸다. 하지만 대놓고 불만을 터트리지는 못했다.

대신 명원 도장이 입을 열었다.

"쓸 만한 사람들만 동원하다 보니까 그 숫자인 거네."

"그래요? 그렇다면 다행이군요."

그 때 꾹 참고 있던 송선 도장이 입을 열었다.

"금천장을 공격할 생각인가?"

북궁천이 송선 도장을 째려보았다.

"돌았습니까? 그 인원으로 금천장을 어떻게 칩니까?"

'그래, 나 미쳤다!'

송선 도장은 진짜 돌아 버린 사람처럼 눈을 번들거리며 북궁천을 쏘아보았다.

하지만 북궁천은 꿈쩍도 하지 않았다.

"금천장을 직접 치진 못한다 해도 날파리 정도는 정리할 수 있을 겁니다."

명원 도장이 침중한 표정으로 우려를 표했다.

"그러다 보면 금천장의 주력이 우릴 노리고 본격적으로 움직일지 모르네. 공연히 타초경사하는 것이 아닐지 모르겠구면."

"그러기 위해서 공격하자는 겁니다."

그래야 진아를 구하는 일이 조금이라도 쉬워질 테니까.

진평천과 두 장로야 꿈에도 생각을 못 하고 있지만.

"그러기 위해서? 금천장에서 주력을 빼내기 위함이란 말인가?"

"빼낸다기보다 흔드는 거죠. 두렵습니까?"

"누가 두렵다고 했나?"

"사실 두려울 만도 하지요. 천사교주가 미친 척하고 화산파와 종남파부터 정리하겠다고 날뛰면 버틸 수 없을 테니까요."

사실이 그랬다. 그것 때문에 정파연합을 적극적으로 도와주지 못하고 조마조마한 심정으로 천사교를 지켜보고 있었다.

송선 도장도 그 점은 인정하지 않을 수 없어서 고개를 주억거렸다. 그리고 착잡한 표정으로 물었다.

"곁가지를 제거해 봐야 별 이익이 없을 것 같네만?"

"도사 양반이 뭔 이익을 그리 따지쇼? 천사교 놈들을 제거하면 그것으로 족한 거지."

"……."

송선 도장은 꿀 먹은 벙어리처럼 입을 열지 못했다.

진짜 뭐 이런 놈이 다 있어? 하는 표정만 지을 뿐.

북궁천은 신경 쓰지 않고 할 말만 했다.

"정파연합과 보조를 맞추면 더 큰 효과를 얻을 수 있을 것 같은데…… 어디 정파연합에 연락해서 날짜를 한번 잡아 보쇼. 아무래도 그들이 공격해 오면 저들이 그쪽에 더 신경 쓰지 않겠습니까?"

함께 안 하겠다면 어쩔 수 없고.

그런데 진평천이 침중한 표정으로 말했다.

"총군사가 암살당했는데 그럴 정신이 있을지 모르겠군."

"……."

이번에는 북궁천이 말문을 열지 못했다.

몸이 석상처럼 굳은 그는 물끄러미 진평천을 바라보기만
했다.

믿을 수가 없었다. 그러나 얼마든지 일어날 수 있는 일이기
도 했다.

문제는 진평천이 헛소리나 할 사람이 아니라는 것이다.

유원당이 죽다니!

"지미…… 그러게 몸조심을 해야지. 왜 그리 나대?"

"왜 그러는가?"

"나머지 이야기는 나중에 합시다."

북궁천은 자리에서 벌떡 일어났다. 그러고는 다른 사람의
눈치를 보지 않고 돌아섰다.

'어떤 패 죽일 놈이……!'

현도관을 나온 북궁천을 보고 냉호의 표정이 굳었다.

'씨발, 무슨 일이 있었는데 표정이 저러지? 삼 년 전 응평
싸움에서 미쳤을 때하고 똑같잖아? 안에 있는 늙은이들이 주
군의 자존심이라도 건드렸나?'

장추람과 철교신, 북풍사객도 왠지 모를 심상치 않은 분위
기 때문에 묵묵히 따라가기만 했다.

그런데 그들이 상주로 들어서기 직전이었다.

저만치에서 두 사람이 달려왔다. 황보청과 종리기진이었
다.

후줄근한 낭인 차림. 언뜻 봐서는 알아보기 힘들 만큼 변한 모습이었다.

천사교의 눈을 속이기 위해 그들 나름대로 변장을 한 듯했다.

그럼에도 북궁천은 그들을 단번에 알아보고 걸음을 멈췄다.

"대형!"

황보청이 환하게 웃으며 북궁천을 불렀다.

낭인처럼 꾸미고 상주는 물론 일대를 돌아다니며 북궁천을 찾았다.

북궁천이 금천장을 방문했으면 분명 무슨 일인가가 벌어졌을 텐데 아무 일도 없이 조용했다.

두 사람은 수문에 귀를 기울이며 이곳저곳 탐문했다. 간혹 마도무사들과 티격태격 싸운 적도 있지만 대충 싸우다 물러나서 별다른 일은 벌어지지 않았다.

그러던 중에 북혈회에 대한 소식을 들었다. 그곳에 젊은 고수들이 있으며, 그들에 의해서 동마방이 곤욕을 치르고 있다는 말도.

처음에는 깊게 생각하지 않았다.

그런데 귀동냥으로 그들의 모습을 듣고 보니 대형 일행과 비슷한 행색이 아닌가?

북궁천이 북혈회라는 마도문파에 들어갔다면 그만한 이유

가 있을 터. 두 사람은 실수라도 할까 봐 함부로 다가가지 않고 무작정 북궁천과 마주칠 시기만 기다렸다.

그런데 북궁천이 천사교의 눈을 피하기 위해서 은밀히 움직이다 보니 좀처럼 마주칠 기회가 나지 않았다.

그러다 드디어, 정말 우연이라 해도 과언이 아닌 상황에서 북궁천 일행을 발견했다.

천사교 교도들이 떼로 들어온 걸 보고 외곽으로 나왔는데, 거짓말처럼 북궁천이 보인 것이다.

황보청은 정말 눈물이 날 정도로 반가웠다.

하지만 북궁천은 그들을 보고도 표정이 펴지지 않았다.

그는 황보청과 종리기진이 코앞까지 다가오자 냉랭히 한마디 던지고 몸을 돌렸다.

"따라와."

북궁천은 황보청과 종리기진을 데리고 현도관 옆에 있는 야산 뒤쪽 조용한 곳으로 돌아갔다.

그리고 잠시 후.

그곳에서 포대 자루 두들기는 소리가 한참 동안 들렸다.

퍼벅! 퍼버벅!

북궁천은 아무 말도 하지 않고 두 사람을 두들겨 팼다.

황보청과 종리기진은 영문도 모르고 수십 대를 두들겨 맞았다.

그럼에도 그들은 묻거나 따지지 않았다.

대형은 아무 이유도 없는데 때릴 사람이 아니다. 자신들을 때릴 때는 그만한 이유가 있겠지.

그렇게 생각하며 이를 악물고 참았다.

다행히 내공을 주입하고 때리는 것이 아니어서 고통스럽긴 해도 내상을 크게 입거나 하진 않았다.

정파 때문에 아들을 뺏겼다는 게 화나서 그런 걸까?

그럴지도 몰라.

자신을 못 믿고 따라온 것 때문에 짜증이 났나?

그럴지도…….

자신들을 통해서 분노를 풀려고 그러는 걸까?

그렇다면 맞지, 뭐.

대형을 위해서라면 이 정도야 참을 수 있어!

설마 죽이기야 하겠어?

황보청은 순전히 대형을 위해서 참았다. 반면 종리기진은 시간이 가면서 뭔가 이상하다는 생각이 들었다.

그도 황보청과 같은 생각을 안 해 본 것은 아니다.

하지만 무턱대고 주먹을 휘두른다는 것은 아무리 생각해도 이해가 가지 않았다.

대형은 북천마제다. 마제가 그 정도 일로 화가 나서 자신들을 팬다는 것 자체가 이해되지 않는 일이었다.

'뭔가 우리가 모르는 게 있어!'

그 때였다. 북궁천의 주먹질이 갑자기 멈췄다. 두 사람 합쳐서 꼭 백 대를 맞은 후였다.

"헉헉헉, 이제…… 기분 좀…… 풀어지셨습니까?"

황보청은 여기저기 터지고 먼지 구덩이에 처박혔으면서도 억지로 웃음을 지었다.

종리기진은 퉁퉁 부은 눈으로 북궁천을 뚫어지게 쳐다보았고.

"저희에게 하실 말씀이라도……."

북궁천이 두 사람을 노려보며 다그쳤다.

"유 원주께서 암살당하셨다고 들었다. 그런데 너희는 왜 여기에 있는 거냐! 내가 그리도 못 미덥더냐?"

"……."

황보청과 종리기진은 머릿속이 텅 비었다.

잘못 들은 것 아닐까?

"그, 그게 무슨…… 말씀……?"

"서, 설마……."

온몸이 사시나무처럼 떨렸다.

두 사람은 유원당과 헤어진 후 행여나 천사교의 눈에 띌까 봐 연락을 자제했다.

그 바람에 정파연합에 대한 소식을 일절 듣지 못한 상태였다.

북궁천에게 집중하라는 유원당의 명령도 있었고.

그런데 그사이 유원당이 죽다니!

"가라, 가서 어떻게 된 일인지 정확히 알아봐!"

*　　　*　　　*

"아직 알아내지 못했느냐?"

호연도광이 아기의 손가락을 만지작거리며 마제의 행방을 물었다.

저러다 확 뜯어내지 않을까?

숙야돈은 그런 생각을 하며 담담히 대답했다.

"이틀 정도면 알아낼 것 같습니다, 교주."

"그래? 흠, 이틀이면 알아낼 수 있단 말이지? 허허허허, 녀석. 손힘이 세군. 제 애비를 닮았나?"

건성으로 대답한 호연도광이 너털웃음을 흘렸다. 그렇게 웃을 때는 마치 친조부처럼 보였다.

하지만 숙야돈은 그런 호연도광의 눈 속에 깃든 짙은 욕망을 보고 고개를 숙였다.

그 욕망은 피의 욕망이다.

아기는 호연도광이 절대 지닐 수 없는 것을 지니고 있었다.

아기의 무방비적인 행복한 웃음. 적아를 구분하지 않는 아기의 웃음은 세상 그 어떤 행복한 사람도 흉내 낼 수 없을 만큼 맑았다.

아마 그는 손가락을 만지작거리는 손으로 웃는 아기의 목을 움켜쥐고 싶어 손이 떨릴 것이었다.

'세상에서 진정으로 사악한 인간은 지존뿐이다.'

그래서 그는 자신이 호연도광의 그늘을 벗어날 수 없다는 것을 잘 알았다.

그것이 바로 자신이 꿈꾸는 하늘이니까.

"유아는 아직도 영서에 있느냐?"

호연도광이 아기의 손가락으로 자신의 수염을 쓸어 만지며 물었다.

꺄르르르.

아기가 이제 막 나온 이를 드러내며 웃었다.

숙야돈은 그 모습을 묘한 눈빛으로 바라보며 대답했다.

"예, 교주. 그동안의 실책을 만회한 후에 오실 생각인가 봅니다."

"어리석은 놈. 역시 아직은 어려. 잘못한 것이 있으면 순순히 인정하고 정면으로 돌파할 생각을 해야 하거늘, 혼나는 게 무서워서 피하려고만 하다니."

"너무 심려 마십시오. 소존께서도 이번 실패로 좀 더 성숙해지셨을 겁니다."

호연도광은 숙야돈의 말에 의미를 알 수 없는 기이한 미소를 지었다.

"녀석은 항상 이 애비를 넘고 싶어 했지. 그런 놈이 이 애비를 너무 몰라. 넘고 싶은 산이 있으면 그 산에 대해서 철저히 알아봐야 하는데 말이야."

숙야돈은 움찔하며 슬쩍 눈을 들었다.

호연도광이 말을 이었다.

"적산채에 있는 놈들이 지금쯤은 혼란스럽겠군."

"유원당이 죽었으니 당연히 그럴 것입니다."

"그런 상황에서 먹음직스러운 미끼를 던져 주면 덥석 물겠지?"

"그럴 것이긴 합니다만……."

말꼬리를 흐리는 숙야돈의 눈빛이 잘게 떨렸다. 호연도광이 묻는 뜻을 아는 것이다.

아니나 다를까, 호연도광이 담담한 표정으로 말했다.

"던져 줘."

"하오면 소존은……."

"그 정도 미끼는 있어야 놈들이 눈에 불을 켜고 달려들지 않겠느냐? 어디 이 기회에 유아의 운명을 시험해 볼까? 죽는지, 사는지."

숙야돈은 자신을 향해 웃는 호연도광의 하얀 이가 오늘따라 붉게 느껴졌다.

아들을 미끼로 던지다니.

'정말 지독하시군.'

*　　*　　*

조양장으로 돌아간 북궁천은 입을 꾹 닫은 채 자신의 방으로 들어갔다.

장추람 등은 일절 입을 열지 않고 발걸음 소리도 조심했다. 마제가 분노했을 때는 건드리지 않는 게 상책이었다.

그 때 연소랑이 다급한 걸음으로 찾아왔다.

"단천도 왔어?"

입구 쪽에 어정쩡하게 서 있던 철교신이 눈 한 번 깜박이지 않고 연소랑을 바라보았다.

그는 이상하게 연소랑만 보면 몸이 굳었다. 심장도 평소보다 빨리 뛰었고.

"오, 오셨소."

말도 더듬었다.

"다행이네."

연소랑은 철교신의 행동을 깊게 생각하지 않고 북궁천의 방으로 향했다.

"저기, 지금 대형 기분이 무척 안 좋소. 조금 있다가 오면 안 되겠소?"

"나도 급하거든?"

연소랑이 철교신을 흘겨보며 당장 만나야 한다는 투로 말했다.

철교신은 눈을 흘기는 연소랑의 모습을 보고 입을 반쯤 벌렸다. 마치 바위가 살짝 금이 가서 벌어진 듯했다.

심장은 어찌나 세게 뛰는지 귓속에서 윙윙거리는 소리가 나는 것 같았고.

'이, 이쁘다.'

그사이 연소랑이 철교신의 곁을 지나쳤다.

옅은 향기가 코를 스쳤다.

'냄새도 좋고.'

그는 그 향기를 더 맡기 위해서 코를 내밀고 소리 나지 않게 킁킁거렸다.

막 건물을 돌아 나오던 냉호가 그 모습을 보고 고개를 갸웃거렸다.

'연소랑이 뭐라고 했는데 저 바윗덩이가 물어뜯으려는 시늉을 하지?'

북궁천은 굳은 표정으로 연소랑을 맞이했다.

사람을 만나고 싶은 마음이 아니었다. 하지만 연소랑이 급히 자신을 찾아왔을 때는 그만한 일이 있기 때문일 터. 유원당의 죽음을 아쉬워하고 있을 수만은 없었다.

"무슨 일이지?"

연소랑도 철교신의 말대로 북궁천의 기분이 썩 좋지 않다는 걸 알고 눈치를 보며 의자에 앉았다.

"숙야돈이 왔었어. 근데 단천더러 금천장으로 오래."

"숙야돈이?"

"그래."

북궁천은 연소랑의 말을 듣고 미간을 찌푸렸다.

혈뇌와 함께 천사교를 지탱하는 쌍교령 중 하나, 사뇌 사교령 숙야돈. 그는 천사지존을 가장 가까이서 받드는 자다.

그가 자신을 직접 만나려 할 때는 그만한 이유가 있다는 말. 그만한 이유는 셋 중 하나다.

호기심? 아니면 교호명의 죽음 때문에? 그도 아니면 자신의 정체를 눈치채서?

"어떻게 할 거야?"

"오라면 가 봐야지."

그 말에 연소랑이 불안한 표정으로 넌지시 물었다.

"그가 높은 자리를 준다고 할지도 모르는데. 설마 덥석 물진 않겠지?"

"아주 높은 자리를 준다면 생각해 봐야지."

"단천은 천사교가 얼마나 악한지 알아? 그들하고 어울려 봐야 좋은 꼴 못 볼걸?"

"네가 할 말은 아닌 것 같은데? 북혈회가 마도 세력이라는 걸 잊은 것 아냐?"

북궁천이 슬쩍 건드리자, 연소랑이 발끈해서 소리쳤다.

"우리가 비록 마도에 속해 있긴 했지만, 그들처럼 사악한 짓을 하진 않아!"

"마도가 사악한 짓을 안 한다니, 지나가던 개가 웃을 일이군."

"정말이야! 물론 다 괜찮은 사람들만 있다는 건 아니야. 하지만 대부분은 남들 눈치 안 보고 감정대로 행동하다 보니까 마도 소리를 듣는 것뿐이라고!"

"정말 그럴까?"

"정말이라니까!"

북궁천은 빽 소리를 지른 연소랑을 지그시 쳐다보았다.

연소랑이 몸을 뒤로 빼며 수상하다는 투로 말했다.

"왜 그런 눈으로 봐?"

"걱정 마. 예뻐서 보는 거 아니니까."

사실이 그랬다. 뭔가 해 줄 말이 있는데 해 줄까 말까 고민했을 뿐이다.

그래도 연소랑은 기분이 무척 나빴다.

여자에게 그런 말을 대놓고 하다니!

그럼 자신이 밉다는 거야, 뭐야?

"단천 마음대로 해! 천사교에 가서 죽든가 말든가 나는 신경 쓰지 않을 테니까."

확 쏘아붙인 그녀는 자리에서 일어나 몸을 돌렸다.

그 때 북궁천이 말했다.

"곧 폭풍이 불지 모른다. 미리 대비해서 나쁠 것은 없으니까 가서 회주하고 상의해 봐.”

연소랑이 멈칫하더니 고개를 돌렸다.

“폭풍? 정파연합의 공격 말이야?”

그녀도 어느 정도 짐작하고 있는 듯했다.

그러나 북궁천이 생각하는 폭풍은 그와 비슷하면서도 조금 달랐다. 아직 모든 것을 다 말해 줄 순 없지만.

“그보다 더 복잡해. 좌우간 숙야돈이 직접 움직였다면 천사교가 뭔가 일을 꾸미고 있다는 소리야. 내 말 명심해. 잘못해서 폭풍에 휘말리면 그동안 쌓은 탑이 모두 무너질 테니까.”

*　　*　　*

낮에 바람이 세차게 불어 대더니 석양이 질 무렵이 되자 구름이 잔뜩 꼈다.

북궁천은 어스름이 밀려들 즈음 조양장을 나섰다.

장추람 등이 함께 가겠다고 청했지만, 북궁천의 고집을 꺾을 수 없었다.

그런데 지송문의 손길이 닿은 그의 모습은 전과 많이 달라져 있었다.

허름한 옷을 벗고 새 무복으로 말끔하게 차려입은 데다 머리카락 묶은 형태도 바뀌었고, 남색 영웅건을 이마에 둘렀다.

거기다 자세히 봐도 가짜인지 진짜인지 구별이 가지 않을
만큼 섬세한 점이 코 옆에 두 개 붙어 있었다. 그로 인해서 언
뜻 보면 조금 어벙하게 보였다.

조양장을 나선 그는 금천장 쪽으로 방향을 잡고 걸음을 옮
겼다.

건들거리는 걸음, 삐딱한 고개.

영락없이 계집 등쳐먹는 한량처럼 보였다.

"비가 오려나? 하늘이 왜 이리 구려? 내일 갈 걸 괜히 부
지런 떨었나? 근데 사교령이라는 양반은 왜 날 보자고 한 거
지?"

하늘을 슬쩍 올려다본 그는 투덜대며 금천장 쪽으로 방향
을 잡고 걸음을 옮겼다.

그 때였다.

스스스스스.

기다렸다는 듯 곳곳에서 은밀한 움직임이 일었다.

그 움직임은 북궁천을 따라 흘렀다.

'쉽지 않을 거다, 숙야돈.'

북궁천은 세상이 완전히 어두워졌을 때 금천장에 도착했
다.

"굉장하군."

상주에 온 그날 저녁 멀리서 금천장을 본 적이 있었다. 하

지만 멀리서 봤던 것과 눈앞에서 보는 것은 느낌 자체가 달랐
다.

'진아야, 아버지가 왔다.'

생각만으로도 가슴이 찡하니 울렸다. 한 번도 보지 못한
아들이 저 안에 있는 것이다.

그런데 그가 묘한 표정을 짓자 정문위사가 수상하다는 표
정으로 북궁천을 살펴보며 물었다.

"무슨 일로 왔소?"

북궁천이 고개를 삐딱하게 꼬고 대답했다.

"북혈회의 단천이야. 사교령께서 청해서 왔지."

정문위사의 눈이 튀어나올 것처럼 커졌다.

"사교령께서?"

"원래는 내일 올까 했는데, 내일은 바쁘다고 하셔서 오늘
온 거야. 대충 묻고 가서 말 좀 전해 주면 좋겠는데."

"잠깐만 기다리시오."

숙야돈은 북혈회에서 사람이 왔다는 말을 듣고 사이한 눈
빛을 번뜩였다.

그도 북궁천이 이 밤에 찾아올 거라고는 생각지 못한 터였
다.

그래도 어쨌든 조금이라도 일찍 자신을 찾아온 것은 칭찬
해 줄 만한 일이었다.

‘놈이 정말 범인일까?’

숙야돈은 혀로 입술을 핥으며 사이한 눈빛을 번뜩였다.

그 때 밖에서 호위무사의 목소리가 들렸다.

“사교령께 아뢥니다. 단천이란 자를 데려왔습니다.”

“들여보내라.”

곧 문이 열리고 북궁천이 들어왔다. 한량처럼 건들거리는 걸음으로, 사방을 둘러보면서.

숙야돈은 그의 행동을 주시하며 이채를 반짝였다.

동마방을 무너뜨리는 데 결정적인 역할을 했다고 해서 대단한 놈인 줄 알았더니 최소한 겉모습만큼은 별 볼 일 없었다.

아무리 봐도 대단한 고수와는 거리가 멀었다.

그는 실망스런 마음이었지만 겉으로 드러내지는 않았다. 아직 확실한 것은 아무것도 없었다.

그래도 뭔가 있는 놈이니 동마방을 무너뜨린 거겠지.

“그쪽으로 앉아라.”

“고맙습니다. 근데 정말로 대단한 곳이군요. 말로만 들었을 뿐 처음 와 봤는데, 이럴 줄 알았으면 진즉 와 볼 걸 그랬습니다. 하하하하.”

최소한 심약한 놈은 아닌 것 같다. 자신 앞에서 저런 태도라니.

‘간덩이가 부은 놈이군.’

숙야돈은 편한 자세로 차를 한 모금 마시고 질문을 던졌
다.

"상주에 왔으면 바로 이곳으로 올 것이지 왜 북혈회에 들
어갔느냐?"

"흐흐흐, 혹시 연소랑이라는 여자 봤습니까?"

"봤다. 혹시 그 계집 때문에?"

"그 정도 여자라면 인생을 걸어 볼 만하잖습니까? 저는 얼
굴만 예쁜 여자보다 그렇게 까칠한 여자가 좋습니다. 그래서
어떻게 한번 해 보려고 들어갔죠."

"그럼 동마방을 친 것도?"

"동마방을 무너뜨려서 약해 빠진 북혈회를 강하게 만들면
저에게 마음을 줄지 모르는 일 아닙니까?"

'이런 미친놈. 겨우 그런 이유 때문에 동마방을 무너뜨
려?'

숙야돈은 어이가 없는 한편으로 앞에 있는 미친놈에게 호
기심이 동했다.

"그래서? 연소랑이 너에게 넘어왔느냐?"

"절반쯤은 넘어왔습죠. 흐흐흐흐."

"정말 연소랑 때문이라면 본 교로 들어와라. 그럼 내 그 계
집을 너에게 주지."

"남이 주는 것을 받아먹기는 싫습니다. 남자라면 자고로
자신이 직접 취해야죠."

"아쉽군. 너 정도면 본 교에 큰 힘이 될 것 같은데 말이야. 언제든 생각이 있으면 말해. 내 중용할 테니까."

"아닙니다. 송충이는 솔잎을 먹고 살아야 한다고 했습니다. 주제도 모르고 욕심을 부리면 탈이 나는 법이죠."

'정신은 제대로 박힌 놈인데 여자를 너무 밝히는군.'

"그럼 계속 북혈회에 있을 것이냐?"

"당분간은 그럴 생각입니다."

"좋아, 네 마음이 그렇다면 어쩔 수 없지. 그런데 사문은 어떻게 되느냐?"

북궁천은 찰나도 망설이지 않고 준비해 놓은 대답을 했다.

"뇌검문의 팔대 제자입니다."

"뇌검문?"

"잘 모르실 겁니다. 일인전승으로 전해 오는 데다 사부께서 강호활동을 거의 안 하셨으니까요."

"흠, 그래?"

"그런데 저를 왜 부르신 겁니까?"

숙야돈의 눈빛이 지금까지와 달리 차가워졌다.

"귀안당주 교호명과 귀안당 무사들의 죽음 때문이다. 너희들이 그들을 죽였느냐?"

북궁천이 움찔한 태도를 보이며 눈길을 슬쩍 돌렸다.

'역시 이놈들이었어!'

숙야돈이 그 모습을 보고 속으로 쾌재를 부르며 다그쳤다.

"솔직히 말해라. 거짓말해 봐야 소용없으니까. 도망갈 생각도 말고. 이곳은 지금 개미새끼 한 마리 빠져나갈 수 없게 포위되어 있다."

그의 말은 사실이었다. 천장과 벽 뒤에 열 명 이상의 고수가 은잠하고 있었다. 밖에도 있고.

물론 북궁천도 그 사실을 모르지 않았다.

어깨를 으쓱한 그는 어쩔 수 없다는 표정을 지으며 사실대로 말했다.

"뭐, 다 아시는 거 같으니까 사실대로 말하죠. 맞습니다. 저희가 죽였습니다."

"왜 죽였지?"

"저는 뒤밟히는 걸 무척 싫어하거든요. 근데 누가 자꾸 뒤를 쫓아오지 뭡니까? 그래서 처음에는 붙잡은 다음에 왜 그러냐고 물어볼까 했는데, 동마방과의 싸움이 코앞이어서 급한 마음에 그냥 죽여 버렸죠. 그런데 나중에 알아보니까 천사교 사람이지 뭡니까? 천사교 사람인 줄 알았으면 그냥 다리만 부러뜨리고 말았을 텐데……."

숙야돈이 냉랭하게 코웃음 치며 북궁천을 몰아붙였다.

"흥! 천사교의 무사를 죽인 놈이 당당하구나. 네 죄가 얼마나 큰지 모른단 말이냐?"

"몰라서 죽였다니까요. 그러게 왜 몰래 뒤를 따라다닙니까?"

"알았든 몰랐든 책임을 져야 할 것이다."

"책임을 져요? 어느 정도나……?"

"강호에서 목숨 빚은 목숨으로 갚는다는 걸 모르느냐?"

순간!

"목숨으로? 지미, 정말 그러시깁니까?"

북궁천이 짜증을 내듯이 탁자를 손바닥으로 내려쳤다.

탕!

그러고는 눈을 치켜뜨고 공력을 끌어 올렸다.

쏴아아아아.

방 안에 갑자기 패도적인 기운이 휘돌았다.

천장과 벽 뒤에 숨어 있던 자들도 강력한 기운에 반응해서 반사적으로 기운을 흘려 내며 만약의 사태에 대비했다.

"이, 이게 뭐 하는 짓이냐!"

당황한 숙야돈은 언제든 뒤로 물러날 자세를 취한 채 북궁천을 노려보았다.

누구든 이 상황이 되면 봐 달라고 사정을 한다. 그런데 설마하니 이곳에서 무력을 자랑할 줄이야!

'뭐야 이놈? 미친놈 아니야?'

그 때 북궁천이 턱을 내밀며 말했다.

"모르고 그랬다는데 너무하시는 거 아닙니까? 그러지 마시고 돈으로 해결합시다. 이번에 좀 벌었거든요?"

숙야돈이 발끈해서 다그쳤다.

"교 당주의 목숨을 돈과 바꾸자고? 네가 지금 나와 장난하자는 거냐?"

"그럼 어떻게 하란 말입니까? 다시 살려 놓을 수도 없고, 그렇다고 해서 제 머리를 잘라 드릴 수도 없잖습니까? 정말 끝까지 제 목을 내놓으라고 한다면, 저도 이판사판으로 나가는 수밖에 없습니다. 제 목을 가져가려면 쉽지 않을걸요?"

숙야돈은 불만스런 표정으로 툭툭 말을 내뱉는 북궁천을 솜털까지 살펴보았다.

기운이 강력하긴 해도 그 이상 특별한 점을 찾을 수 없었다. 일순간의 감정으로 공력을 끌어 올린 것처럼 보일 뿐.

'단순한 놈이 무공은 정말 대단하군.'

그는 자신의 판단을 믿었다. 지금 한 행동이 연기라면 이 놈은 경극에 나가도 일류 소리를 들을 수 있으리라.

마음을 가라앉힌 그는 냉랭히 쏘아붙였다.

"아무 짝에도 쓸모없는 네 머리 따위는 필요 없다. 정 그렇다면 빚을 갚을 방법을 일러 주마."

그 순간 방 안을 맴돌던 기운이 빠르게 가라앉았다.

"진작 그러시지. 어디 말씀해 보십쇼."

"앞으로 상주의 모든 일을 우리가 직접 관리할 것이다. 그러려면 북혈회는 물론이고 남패령과 서마련을 완전히 장악해야 한다. 네가 그 일을 해결해라. 그럼 용서해 주지."

역시나 자신의 생각대로다.

천사교는 상주의 마도세력을 손도 안 대고 꿀꺽할 생각이
다.

북궁천은 어려울 것 없다는 듯 가볍게 대답했다.

"어렵지 않은 일이군요. 근데 싸우는 건 자신 있어도 관리
하는 일은 영 소질이 없는데……."

"넌 싸워서 놈들을 굴복시키기만 하면 돼. 관리는 우리가
알아서 할 테니까."

"그렇다면 뭐 그렇게 하죠."

그 때 숙야돈이 눈을 가늘게 뜨고 북궁천을 살펴보며 느닷
없이 물었다.

"혹시 북천마제에 대해서 들어 봤느냐?"

북궁천은 눈을 깜박이며 영문을 모르겠다는 표정으로 되
물었다.

"북천마제요? 혹시 산서 저 위쪽에 산다는 그 피에 미친놈
말입니까?"

"맞다. 바로 그놈을 말하는 거다."

"저도 귀가 있으니 이름이야 들어 봤죠. 하지만 만나 보지
는 못했습니다. 왜 그러십니까? 그놈도 천사교의 사람을 죽
였습니까?"

"아주 많이 죽였지."

"이상하군요. 만 리 떨어진 곳에 사는 북천마제가 천사교
사람을 죽였다니. 그가 정말 신통력이라도 있는 걸까요?"

"신통력이 있어서가 아니라 직접 내려와서 죽인 거다."

북궁천이 눈을 휘둥그렇게 떴다.

"그게 정말입니까? 북천마제가 진짜로 이곳에 나타났단 말이죠? 이야! 정말 놀랄 일이군요. 성격이 포악하긴 해도 엄청 강하다던데. 어디 있는지 아십니까? 꼭 한번 만나서 누가 센지 겨뤄 보고 싶었는데."

"네가?"

"무시하지 마십쇼. 비록 강호에 나온 지는 얼마 안 되었지만, 아직 져 본 적이 없는 접니다."

숙야돈도 무시하지 않았다.

조금 전의 무형지기만 해도 어지간한 고수들은 흉내 내기도 어려운 경지였다.

북천마제를 운운해 본 것도 사실 그 때문이다.

혹시 모르니까.

"그래도 아직은 안 돼. 마제는 천하제일을 논할 수 있을 정도로 강하다. 비록 본 교에는 함부로 대들 수 없지만."

"예? 왜 대들지 못합니까? 그럼 마제가 천사교 무사들을 죽였다는 말은 또 뭡니까?"

숙야돈은 의아해하는 북궁천을 눈썹 한 올의 흔들림도 놓치지 않겠다는 듯 날카로운 눈빛으로 살펴보며 아들에 대한 이야기를 꺼냈다.

"물론 죽였지. 그런데 이제는 아들이 죽을까 봐 그럴 수가 없느니라."

"아들이 죽어요? 북천마제는 장가가지도 않았는데 아들이라니요?"

"그런 일이 있다. 아마 놈이 나타나지 않으면 교주께서 본보기로 놈 아들의 팔을 하나 잘라 버릴 거다. 팔을 잘라서 정문에 내걸면 놈도 안 나타날 수 없겠지."

"대체 얼마나 사이가 안 좋은데 어린 아기의 팔을 자른다는 겁니까? 그 말 정말입니까? 거짓말이죠?"

"내가 왜 거짓말을 한단 말이냐? 물론 놈이 나타나서 우리와 협상을 한다면 물론 그런 일이 벌어지지도 않겠지. 하지만 이삼 일 안으로 안 나타난다면 교주께서는 망설이지 않으실 게야."

"거 이상하네. 그런 일이라면 멍청하게 기다리기만 할 것이 아니라 여기저기에 방문을 써 붙여야 하는 거 아닙니까? 마제란 작자가 아직 모를 수도 있잖습니까?"

뭐? 멍청해?

숙야돈은 속으로 발끈했지만, 북궁천이 제시한 방법이 솔깃해서 바로 대응하지 못했다.

"으음, 그것도 괜찮은 방법이군."

왜 여태 그렇게 하지 않았는지 자신의 머리를 치고 싶었다. 때로는 단순한 방법이 최선일 때가 있거늘.

그 때 북궁천이 눈빛을 반짝이며 은근한 어조로 말했다.

"제가 써서 붙일까요? 대신 끝에다가 저와 한번 붙자는 내용을 적을 수 있게만 허락해 주십쇼. 그 정도는 괜찮겠죠? 왜 대답이 없는 겁니까? 싫으세요?"

'정말 아닌가 보군.'

눈을 떼지 않고 살펴봤지만 한 점 동요도 보이지 않는다.

아니, 동요는커녕 은근슬쩍 짜증 나게 한다.

숙야돈은 손을 휘휘 저어서 북천마제에 대한 질문을 접었다.

"됐다. 그 일은 우리가 할 테니 너는 신경 쓰지 마라. 그리고 이제 마제 이야기는 그만하자."

"저에게 맡겨 주시라니까요. 제가 하면 큰일이라도 납니까?"

"그만하자니까!"

숙야돈이 강하게 다그치자 북궁천은 머리를 긁적이며 딴청을 피웠다.

"그럼 뭐, 알아서 하십쇼. 그런데 저, 가 봐도 되겠습니까? 연소랑하고 밤에 만나기로 했는데……."

"오늘은 그만 가 보고, 내가 부르면 즉시 달려와라. 그때 자세한 계획을 상의해 보자."

"그러죠, 뭐."

숙야돈은 건들거리며 방을 나가는 북궁천의 등을 바라보

았다.

생김새나 말투나 자신이 들어 본 북천마제와는 거리가 멀었다.

그럼에도 그는 일말의 가능성을 배제하지 않았다. 마제는 아닐지 몰라도 그의 일행일 가능성은 얼마든지 있었다.

'언젠가는 꼬리를 드러내겠지.'

"교령, 계속 감시자를 붙여 놓을까요?"

뒤에서 고구선이 나오며 물었다.

숙야돈은 잠시 생각하더니 고개를 저었다.

"오늘은 그냥 놔둬라."

뒤밟히는 걸 무척이나 싫어한다고 했다. 교호명도 그래서 죽였고. 사실인지 아닌지 아직 정확지는 않지만.

공연히 미친 척하고 손을 쓰면 아까운 수하만 잃을지 몰랐다.

'충분히 그러고도 남을 놈이야.'

방을 나온 북궁천은 신기해하는 표정으로 두리번거렸다.

"진짜 엄청나게 큰 장원이군. 조양장에 비하면 열 배는 되겠는데?"

경비무사 하나가 다가오더니 무뚝뚝한 어조로 말했다.

"정문까지 안내할 테니 따라오시오."

"고맙네. 근데 저기 있는 큰 건물에는 누가 살지? 혹시 교주님께서 저기 사시는 것 아닐까?”

북궁천이 거만한 표정으로 물었다.

경비무사는 대뜸 반말하는 그가 마음에 안 들었지만, 사교
령이 직접 부른 사람인 만큼 함부로 대하지 않았다.

“그렇소. 한눈팔지 말고 따라오시오.”

“이 안에 무사만 이천 명이 넘는다는데, 정말 그렇게 많
나?”

“나도 정확히는 모르오.”

“저쪽 건물은 뭔가? 진짜 멋지게 생겼는데.”

“그 건물은 요경전이오.”

숙야돈의 거처는 나름대로 심처라 할 수 있었다. 그러다
보니 정문까지의 거리가 상당히 멀었다.

북궁천은 쉬지도 않고 자신을 안내하는 경비무사에게 물
었다.

경비무사는 무척이나 귀찮았다.

물어보는 것도 한두 번이지, 가면서 보이는 건물마다 물어
보니 짜증이 안 날 수가 없었다.

“어? 저건 무슨 건물이지? 밤이 깊었는데도 연기가 나는
군.”

“이제 그만 물어보고 따라오기나……”

인내심이 다한 경비무사가 발끈하는데, 북궁천이 말했다.

“아까 사교령의 방에서 하마터면 싸움이 날 뻔했지. 사교

령이 내 자존심을 건들지 뭐야? 그때 싸웠으면 숨어 있던 호위무사들 중 반은 죽었을걸? 내가 좀 쎄·거·든.”

경비무사는 말끝을 삼켰다.

“저 건물은…… 주방이 있는 평사전이오.”

그 때 북궁천이 멈칫하더니 허리를 숙이며 손을 땅으로 뻗었다.

“어? 이게 왜 여기 떨어져 있지?”

경비무사가 슬쩍 고개를 돌려서 북궁천의 손을 바라보았다.

북궁천이 시커먼 땅에서 반짝거리는 뭔가를 줍고 있었다.

은자였다.

그것도 서너 냥은 족히 나가는 제법 큰 은자.

“횡재했군. 이렇게 큰 은자기 이런 곳에 떨어져 있다니.”

‘빌어먹을, 내가 먼저 발견할 수도 있었는데…….’

경비무사는 속이 무척이나 쓰렸다.

그런데 북궁천이 눈높이로 은자를 들어 올리더니, 갑자기 경비무사에게 내밀었다.

“받게.”

“예? 제가 왜?”

“아무리 주운 사람이 임자라고 하지만 여긴 내 땅이 아니잖아? 그러니 나보다는 자네가 더 주인에 가깝지. 안 그래?”

북궁천이 씩 웃으며 은자를 흔들었다.

경비무사는 머쓱한 표정으로 슬며시 은자를 건네받았다.

'거만하긴 해도 나쁜 사람은 아닌 것 같군.'

한 달 치 녹봉이 거저 생긴 터였다.

그동안의 짜증이 훌훌 날아갔다. 쓰렸던 속도 언제 그랬냐는 듯 편안해졌다.

그 때 문득 이상한 생각이 들었다.

이렇게 큰 은자가 왜 이곳에 떨어져 있었을까?

'혹시?'

경비무사는 고개를 돌려 북궁천을 바라보았다.

북궁천은 그의 생각을 알고도 이상할 것 없다는 듯 담담히 말했다.

"누가 떨어뜨렸든 나는 그것을 주웠을 뿐이야. 자네도 봤잖아? 그럼 된 거지, 뭐. 안 그런가? 자, 그만 가자고."

아무래도 의심스러웠지만, 경비무사는 오늘의 횡재를 포기하고 싶은 마음이 눈곱만큼도 없었다.

"예, 공자."

"흠, 저 구석진 곳에 있는 건물은 이상하게 생겼군. 창문도 굉장히 작고 말이야."

"아, 그 건물 말입니까? 거긴 뇌옥입니다. 당연히 창문이 작을 수밖에 없죠."

경비무사는 조금 전보다 열 배는 더 친절하게 설명해 주었다.

"진짜 멋진 장원이군. 나도 돈 벌면 이런 장원이나 하나 지을까?"

북궁천은 경비무사와 화기애애하게 이야기를 주고받으며 금천장을 나섰다.

"안녕히 가십시오."

"어차피 다음에 또 와야 하는데, 그때는 오늘 주운 것보다 더 큰 은자를 주웠으면 좋겠군. 그럼 다음에 보세."

북궁천은 경비무사의 가슴을 설레게 하고는 웃으면서 몸을 돌렸다.

하지만 돌아선 순간, 그의 얼굴에 살얼음이 깔리고 눈빛은 서리가 내린 것처럼 차가워졌다.

이미 그의 심장은 얼음장처럼 씨늘하게 식은 상태였다.

미리 각오하고 심장박동과 감정의 동요를 억제하지 않았다면 숙야돈의 목뼈를 부러뜨렸을지 몰랐다.

'진아의 팔을 자른단 말이지? 목을 쳐서 개밥으로 만들어 버릴 놈들!'

악동초의 호견을 괜히 다 죽였다는 생각이 들었다.

저놈들을 개밥으로 만들 때까지 살려 둘 것을.

'진아야, 곧 다시 오마.'

가만히 움켜쥔 손가락이 손바닥을 뚫을 것처럼 파고들었다.

第八章
난 뒤통수치는 놈을 싫어해

상주로 들어간 북궁천은 적주원을 만나기 위해 화정루로
향했다.

금천장을 나서면서부터는 감시자가 없었다. 미친 척하고
성질 한 번 부렸더니 효과가 괜찮았다.

설령 천사교의 누군가가 자신을 보고 숙야돈에게 고자질
을 해도 할 말이 있으니 큰 걱정은 없었지만.

— 적주원하고 담판을 지으러 갔죠.

그렇게 말하면 뭐라 할 건가?

화정루는 불야성이었다.

북궁천이 들어가자 서른 전후로 보이는 여인이 교태를 부리며 다가왔다. 처음 봤는데도 마치 십 년 전부터 알았던 단골을 대하듯 했다.

"어머, 공자님! 어서 오세요오오!"

그런 여인의 교태가 부담스러운 북궁천은 간단하게 여인의 웃음을 빼앗았다.

"적 령주 안에 있어?"

커다란 엉덩이를 넘실넘실 흔들며 날듯이 다가오던 여인은 화살 맞은 기러기처럼 우뚝 서서 눈을 크게 떴다.

"예?"

"가서 북혈회의 단천이 찾아왔다고 해."

여인은 잠깐 북궁천의 말을 되새겨 보고는 표정이 굳어졌다. 그녀는 화정루의 이백 여인을 다스리는 열 명의 기녀장 중 하나였다. 눈치코치 없으면 그 짓도 못 해 먹었다.

"저를 따라오세요."

그녀는 북궁천을 적주원이 있는 별원으로 데려갔다.

그런데 두어 발짝 앞서 가면서 유난히 엉덩이를 심하게 흔들었다.

'엉덩이 한번 진짜 크군.'

북궁천은 진심으로 감탄했다.

그 때 여인이 슬쩍 고개를 돌리더니 눈웃음을 지었다.

"공자님이 바로 북혈회의 신성이라는 분이시죠?"

"신성은 무슨."

"힘도 좋으실 것 같은데……."

보나 마나 바위를 들어 올리는 힘을 말하는 것은 아닐 터.

북궁천은 짐짓 눈에 힘을 주고 냉랭히 말했다.

"사람 죽이는 것은 잘하지."

그러나 여인도 닳고 닳은 기녀 생활 십 년의 전문가였다.

"밤마다 여자를 죽이나 보죠? 하루에 몇 명까지 죽여 봤어요?"

"신소리 말고 안내나 해."

"이따 말씀 나누고 나서 제 방으로 오실래요? 오늘은 제가 죽여줄게요."

북궁천은 자신이 패배했다는 것을 인정하지 않을 수 없었다.

"됐거든? 내가 여기서 적 령주를 불러낼까?"

그제야 여인은 입을 삐죽거리며 걸음을 빨리했다.

커다란 엉덩이를 더욱더 힘차게 씰룩거리며.

적주원은 술을 마시고 있었는데, 여전히 여인들을 옆에 끼고 있었다. 전에 봤던 여인들은 한 명도 없고 모두 새로운 얼굴이었다.

그의 옆에는 제법 강하게 보이는 중년인 셋이 앉아 있었는데 동마방을 칠 때 한 번 봤던 자들이었다.

그들은 적주원이 거금을 주고 끌어들인 자들로 한중 일대
에서 이름을 날리는 고수들이었다.

'초산쌍마(超山雙魔)라고 했던가? 한 사람은 귀살권(鬼殺
拳)이고?'

적주원은 북궁천이 세 사람의 이름을 떠올리며 안으로 들
어가자 반갑게 맞이했다.

"껄껄껄, 어서 오게. 북혈회의 신성이 어쩐 일인가?"

"술은 그만하고 잠깐 나 좀 봅시다."

"흠, 이 자리에서 하면 안 되겠나?"

"중요한 이야기요."

그 때 여인의 엉덩이를 주물럭거리던 중년인 하나가 눈을
치켜떴다.

"젊은 친구가 예의가 없군. 어른이 말하면 들어야지 말이
야."

"좀 나가 줬으면 좋겠는데."

"뭐?"

"내 기분이 지금 무척 엿 같거든? 그러니까 건들지 말고
조용히 나가 줬으면 좋겠어."

"이런 건방진 새끼가!"

귀살권 어중달이 욕설을 퍼부으며 벌떡 일어나더니 손등으
로 북궁천을 번개처럼 후려쳤다. 북궁천은 석상처럼 서서 눈
썹 한 올 움직이지 않았다.

퍽!

손등이 북궁천의 얼굴을 정통으로 가격했다.

강렬한 충격!

북궁천은 입안에서 혀로 볼을 어루만지며 오랜만에 맞은 따귀를 음미했다.

'조부님께 맞은 이후로 처음이군. 그래, 사악한 놈들 손에서 아들을 구하지 못한 못난 아버지는 맞아도 싸.'

피하는 건 일도 아니었다. 그런데도 피하지 않았다. 그냥, 진아에게 미안해서 괜히 한 대 맞고 싶었다.

굳이 따지자면 이유가 전혀 없는 것도 아니었다.

명분이 필요할지 몰랐다.

피를 보려면!

"별것도 아닌 새끼가 어디서 함부로 주둥이를 놀려?"

어중달은 자신의 일격이 성공하자 기고만장했다. 그는 이 기회에 자신을 확실하게 각인시키고자 했다.

"내 오늘 네놈을 확실히 교육시켜 주마!"

냉랭히 소리친 그는 재차 주먹을 뻗었다.

뒤늦게 적주원이 소리쳤다.

"멈추시오!"

그는 북궁천이 그렇게 맞을 실력이 아니라는 걸 잘 알았다. 순순히 맞을 때는 그만한 이유가 있을 터, 왠지 불길한 생각이 들었다.

하지만 그가 소리쳤을 때는 이미 북궁천의 손이 뻗은 후였
다.

덥석!

뭐가 어떻게 된 건지 알 틈도 없이 북궁천의 손이 어중달의
목을 움켜쥐었다.

"건들지 말라고 했지."

나직이 흘러나오는 무심한 목소리.

뒤이어 뼈 부러지는 소리와 기괴한 비명이 방 안에 울렸다.

우두둑!

"끄어어어어."

"어 형!"

건너편에 있던 초산쌍마의 첫째 강욱이 대경해서 소리치며
탁자를 건너뛰었다.

북궁천은 목뼈가 부러진 어중달을 몽둥이처럼 휘둘렀다.

퍽!

어중달의 몸뚱이가 강력한 철퇴라도 되는 것처럼 강욱이
충격을 감당하지 못하고 뒤로 튕겨 나갔다.

그사이 초산쌍마의 둘째 조낙청이 옆구리에 매달린 도를
빼 들고 북궁천의 빈틈을 노리며 달려들었다.

쉬이익!

북궁천은 몸을 비틀며 주먹을 도세 사이로 뻗었다. 강력한
북두패왕권이 조낙청의 도세를 튕겨 내고 가슴에 작렬했다.

쾅!

"크억!"

조낙청이 비명을 터트리며 뒤로 날아갔다.

단숨에 두 사람의 공격을 막아 낸 북궁천은 목을 움켜쥐고 있던 어중달을 탁자 위에 내리꽂았다.

쾌당!

쩌저적!

단단한 원목탁자가 어중달의 머리와 함께 부서지며 그대로 주저앉았다.

겨우 몸을 일으킨 강욱과 조낙청은 분노할 정신도 없이 얼빠진 표정으로 그 모습을 보며 부르르 몸을 떨었다.

절정고수인 자신들이 맥 한 번 못 추고 당했다는 게 도무지 믿어지지 않았다.

"죽고 싶으면 덤벼. 얼마든지 죽여 줄 수 있으니까. 지금 기분이면 백 명 정도는 죽여야 조금 풀어질 것 같거든?"

북궁천이 무심한 눈으로 그들을 응시하며 나직이 말했다.

그 눈빛이 어찌나 살벌한지 강욱과 조낙청은 입도 뻥끗 못 했다.

그 때 적주원이 정신을 차리고 재빨리 나섰다.

"이제 그만하게나. 이리 오게. 나하고 이야기할 게 있다고 했지?"

"잠깐만 기다리쇼. 먼저 저 사람들하고의 일을 매듭짓고 봅시다.”

“그 정도면 됐네. 어차피 어 형이 먼저 자네를 쳤으니 저분들도 더 이상 따지지 않을 거네. 안 그렇소, 강 형, 조 형?”

강욱과 조낙청은 저절로 고개가 끄덕여졌다.

그들은 객기를 부리다 뺨 한 대 치고 생을 마감한 어중달 꼴이 되고 싶지 않았다.

내실로 들어간 북궁천은 털썩, 의자에 몸을 묻었다.

적주원은 그의 거만하게 느껴지는 태도를 보고도 아무 말 못 했다.

기분이 안 좋다고 어중달의 목을 꺾고 탁자에 패대기친 인간이다. 아무리 자신이 한성격 한다 해도 건드리고 싶지 않았다.

‘씨발, 엊그제는 대충 맛만 보여 준 거였어. 새파란 놈이 뭐 저리 강해?’

힐끔거리며 자리에 앉은 그는 헛기침을 하며 입을 열었다.

“험, 어디 말해 보게. 왜 보자고 한 건가?”

북궁천이 고개만 살짝 쳐들고 말했다. 약간 삐딱하게.

“좀 전에 사교령 숙야돈을 만나고 왔소.”

“사교령을?”

“솔직히 묻겠소. 적 령주는 천사교가 남패령을 다 내놓으라고 하면 내놓을 거요?”

"무슨 말인가? 설마……?"

되묻던 적주원의 표정이 서서히 굳어졌다.

북궁천은 짧게 고개를 끄덕였다. 그리고 못마땅한 표정으로 말했다.

"나도 그렇지만, 우리 연 회주는 절대 안 내놓을 거요. 기껏해야 법당주 자리를 줄 텐데, 미쳤소?"

적주원도 열을 받았는지 얼굴이 벌게졌다.

"말도 안 되는 소리! 내가 법당주 되려고 여기서 죽을 둥 살 둥 싸운 줄 아나?"

"내가 더 싫은 것은 천사교의 교도가 되어야 한다는 거요."

"여길 떠났으면 떠났지 천사교도는 되지 않을 거네."

여자를 좋아하는 그에게 천사교는 지옥이었다.

천사교도라 해서 여자와 함께 살지 말란 법은 없지만 자유로움이 없었다.

그는 무엇보다 그게 싫었다.

"설마 나를 떠보려고 그런 말 하는 건 아니겠지?"

당연히 떠보려고 한 말이지.

그래도 겉으로는 버럭 성질을 냈다.

"내가 누구처럼 잔머리나 굴리는 사람인지 아쇼?"

"하하하, 하긴 자넨 그럴 사람이 아니지."

순진하긴.

“우리가 뭉치면 천사교도 함부로 할 수 없소.”

“맞네. 정파연합 때문에라도 우리의 도움이 필요할 테니까. 정 안 되겠으면 그동안 번 것 가지고 튈 거네.”

그동안의 노력이 아깝긴 하지만 천사교에 몽땅 바치는 것보단 나았다.

“하긴 마종보나 혈문으로 가면 천사교보다 훨씬 더 나은 대우를 해 줄 거요.”

북궁천이 슬쩍 찔러 봤다.

호양곽에게 듣기로 남패령이 마종보와 은밀한 거래를 하는 것 같다고 했다. 홍무수는 천사교의 고위 간부와 연결되어 있고. 아니나 다를까, 적주원은 움찔하더니 못 들은 척 딴소리를 했다.

“꼭 마종보로 갈 필요가 있나?”

북궁천도 그에 대해선 모른 척해 주었다.

“홍 련주도 같은 생각일지 모르겠소.”

“흥, 그 인간이 더 싫어할걸?”

적주원이 코웃음 치며 말했다.

홍무수의 성격으로 봐서 천사교에 별다른 반감이 없을 거라 생각한 북궁천으로선 뜻밖의 말이었다.

“왜 싫어한단 말이오?”

“그 인간은 자기 것을 누가 빼앗아 가는 걸 극도로 싫어하네. 천사교가 다 내놓으라고 하면 거품을 물고 달려들 거야.”

"흠, 그럼 홍 련주도 만나서 의견을 물어봐야겠소."

"조심하게. 뒤통수 맞지 말고. 홍가는 그러고도 남을 인간
이니까."

"알았소. 그럼 이만 가 보겠소."

"잘 가게."

그런데 자리에서 일어나 돌아서려던 북궁천이 멈칫했다.

"나는 말이오. 배신하는 놈을 제일 싫어하오. 뭐, 적 련주
는 그럴 사람이 아닌 것 같아서 다행이오만."

적주원의 이마가 땀으로 번들거렸다.

"하, 하, 하. 걱정 말게! 이 적주원의 머릿속에는 배신이라
는 단어 자체가 없다네!"

*　　*　　*

화정루를 나선 북궁천은 곧바로 홍무수를 찾아갔다.

홍무수는 북궁천의 말을 듣고 연신 염소수염만 잡아당겼
다. 아마 머릿속에서는 눈 한 번 깜박일 동안 뇌가 열두 바퀴
는 돌아가고 있을 것이었다.

북궁천은 그가 눈을 빠르게 두어 번 깜박이고 시선을 들자
불쑥 입을 열었다.

"어떻게 하겠소."

홍무수가 수염 만지던 손을 멈추고 단호한 어조로 말했다.

“죽으면 죽었지 천사교에 다 넘겨줄 순 없네.”

“그럼 우리와 함께할 거요?”

“당연히 그래야지. 그런데 천사교에 대응할 마땅한 방법은 있나?”

“홍 련주가 함께하겠다면 방법이 없는 것도 아니오.”

“그래? 어디 말해 보게.”

“정파연합이 곧 공격을 시작할 거요. 일단 그때까지 시간을 끌면 애가 타는 건 천사교 쪽이오. 그때 가서 애들 조금 던져 주고 이곳을 정리합시다.”

“이곳을 정리한다?”

“어차피 어느 쪽이 이기나 우리한테는 좋을 게 없잖소?”

“그건 그렇지.”

“여기서 모은 돈과 사람이면 어디 가서든 세력을 이루고 떵떵거리고 살 수 있을 거요. 그런데 뭐하러 눈치 보면서 여기에 머문단 말이오?”

“그건 자네 말이 옳네.”

“시간은 내가 끌어 볼 테니 그동안 정리나 잘 하쇼.”

“생각해 줘서 고맙군.”

“그럼 그렇게 알고 이만 가 보겠소. 자세한 이야기는 내일 저녁에 함께 만나서 합시다.”

“그러지.”

북궁천은 일사천리로 일을 매듭짓고 대원보를 나섰다.

홍무수는 그가 방을 나서고도 한참 있다가 서찰 하나를 작성하고는 최측근인 설문을 불렀다.

"가서 총령을 만나 뵙고 이걸 전해 드려라."

"예, 련주."

"반드시 답을 받아 와야 한다."

설문이라는 중년인은 서찰 봉투를 받아서 품속 깊이 넣고 방을 나섰다.

홍무수는 방문이 닫히자 의자에 등을 깊숙이 기댔다.

어린놈의 말이 옳긴 했다. 천사교에 모든 것을 내줄 수는 없었다.

그러나 아무것도 못 해 보고 이곳을 버리기에는 너무 아까웠다.

'잘하면 상주를 내 손아귀에 넣을 수 있을지도 모르겠군. 클클클, 어리석은 놈들. 그따위 머리로 감히 나를 움직이려고 하다니. 힘만 앞세우는 놈들은 어쩔 수 없다니까?'

한편, 대원보를 나선 북궁천은 바위 위에 걸터앉아서 하늘을 바라보았다.

정말 비가 오려는지 대기가 축축했다.

그는 그곳에 앉아서 이런저런 생각을 하며 시간을 보냈다.

그렇게 얼마나 지났을까, 대원보 쪽에서 밤새처럼 날듯이 달려오는 자가 보였다.

'쩝, 역시 잔머리만 굴리는 놈들은 어쩔 수 없어.'

뒷짐을 진 그는 다가오는 자를 향해 걸음을 옮겼다.

미끄러지듯이 죽 나아간 그의 신형이 어둠 속으로 빨려 들었다.

그리고 잠시 후.

설문은 환영처럼 앞에 나타난 검은 그림자를 보고 대경했다.

"누구……?"

퍽!

북궁천은 다짜고짜 주먹을 휘둘렀다.

설문이 피하려고 했지만 북궁천의 주먹질이 그가 피하려는 모든 방위를 차단한 뒤였다.

퍼버벅!

"크윽!"

한순간에 서너 대를 두들겨 맞은 설문은 영문도 모르고 땅에 머리를 처박았다.

그는 믿을 수가 없었다.

자신의 무공은 서마련에서 세 손가락 안에 들 정도로 강했다. 하지만 상대는 그런 자신을 어린아이 손목 비틀듯이 가볍게 두들겨 팼다.

단 몇 수만에 극렬한 고통과 함께 온몸에 힘이 빠진 그는 땅에 머리를 처박고 나서야 상대가 누군지 알았다.

'제길, 그였어.'

그 때 그의 머리맡에 내려선 북궁천이 나직이 물었다.

"천사교로 가던 중인가? 홍무수가 왜 보냈는지 말해 봐."

끄르르륵.

"나, 나는 무슨 일인지 모르……."

"버텨 보겠다? 그것도 괜찮지. 꿀꿀한 날씨에 분위기 제대로 맞춰 주는군. 심심하진 않겠어."

북궁천은 땅을 긁으며 몸을 일으키려는 그의 목을 콱 밟았다.

"끄……."

비명이 나오다가 목구멍에서 막혔다.

북궁천이 지풍을 튕겨서 아혈과 마혈을 짚어 버린 것이다.

"버티고 싶으면 버텨. 죽는다 해도 나는 아쉬울 것 없으니까."

그는 아무것도 묻지 않고 설문의 목을 밟은 발에 조금씩 힘을 더했다.

설문의 몸이 푸들푸들 떨렸다.

공포가 온몸을 짓누르며 머릿속이 텅 비었다.

조금만 더 세게 밟으면 목뼈가 으스러져 죽을 게 분명한 상황.

그는 혼신의 힘을 다해서 손가락으로 땅을 긁으며 자신의

의사를 전달했다. 마혈이 짚여서 움직일 수 있는 곳은 기껏해
야 손가락 정도였다.

그걸 본 북궁천이 아혈을 풀어 주고 목을 밟은 발에서 살
짝 힘을 뺐다.

"셋 셀 동안 기회를 줄 테니까 하고 싶은 말 있으면 해 봐.
하나, 둘……."

"푸, 품속에 서찰……."

북궁천은 설문의 품을 향해 손을 저었다.

옷자락이 칼로 자른 듯이 길게 갈라지며 하얀 서찰 봉투가
드러났다.

"진즉 그랬으면 좋았잖아? 내가 물을 때까지 조용히 있어.
그러면 살 수 있을지 모르니까."

그는 설문을 다독이며 손을 뻗었다. 그의 손안으로 서찰이
빨려 들어왔다.

서찰 봉투의 봉인을 뜯은 북궁천은 서찰을 빼다 말고 멈칫
했다.

서찰과 함께 뭔가가 딸려 나왔다.

그걸 본 북궁천의 입이 귀에 걸렸다.

"우리 아들은 복도 많군. 아버지와 행복하게 살라고 이렇
게 큰 선물을 주는 사람이 있다니 말이야."

전표였다. 그것도 은자 이천 냥짜리!

일단 전표를 품속에 넣은 그는 서찰을 훑어보았다. 별 하

나 없는 어둠이었지만 그가 서찰을 읽는 데 아무런 방해가 되지 않았다.

서찰을 다 읽은 그는 냉소를 지었다.

"훗, 과연 홍무수다운 생각이군. 우리를 팔아서 안전을 도모해 보겠다?"

그의 눈이 설문을 향했다.

"누구에게 주려고 했지?"

서찰에는 수신자의 이름이 없었다. 최악의 경우를 생각한 배려인 듯했다.

설문은 모든 것을 포기하고 순순히 입을 열었다.

"천사총령…… 주서광이오."

"홍무수가 언제부터 그와 연관되어 있었지?"

"두 달 전부터요."

"이 서찰을 갖다주고 대답을 들어 오라고 했겠군."

서찰의 내용을 보고 충분히 추측해 낼 수 있는 생각이었다.

그럼에도 설문은 홍무수의 생각을 단번에 꿰뚫는 북궁천을 보고 진정으로 두려워졌다.

"그렇소."

"죽고 싶어, 살고 싶어?"

설문은 홍무수와 상주에 들어섰을 때부터 함께한 사이로, 의심 많은 홍무수가 자신의 뒤를 맡길 수 있는 유일한 사람이었다.

　하지만 그는 자신의 목숨을 버려 가면서까지 홍무수와의 의리를 지키고 싶은 마음이 없었다.

　"사, 살고 싶소."

　"좋아, 그럼 저쪽으로 가서 차분하게 이야기 좀 해 보자고. 듣고 싶은 이야기가 많으니까."

＊　　＊　　＊

　설문을 금천장으로 보낸 지 반 시진.

　느긋이 차를 마시며 생각에 잠겼던 홍무수는 갑자기 방문이 열리자 눈살을 찌푸렸다.

　"누가 감히 허락도 없이……?"

　고개를 돌려 방문을 바라보던 그는 흠칫하며 찻물을 흘렸다.

　"자네가 어떻게?"

　북궁천은 느긋한 자세로 다가가며 담담히 말했다.

　"뭐 하나 가져갈 게 있어서 말이오."

　"가져갈 거라니? 그보다 왜 자네가 들어오는데 아무 말도 없었지?"

　"괜히 소란을 피울 필요가 없을 것 같아서 말하지 말라고 했소."

"허어, 그랬나? 그래, 뭘 가져가겠다는 건가?"

그사이 북궁천이 홍무수와의 거리를 열다섯 자로 좁혔다.

홍무수는 찻잔을 내려놓고 다시 고개를 들었다. 그 짧은 순간에 홍무수는 북궁천이 다시 찾아온 이유를 찾아냈다.

설령 자신이 잘못 생각했더라도 모험을 할 필요는 없었다.

"내가 가져가려는 것은……."

홍무수는 북궁천이 막 대답을 하려고 하자, 의자에 앉은 채 바닥을 박차고 뒤로 날아가며 소리쳤다.

"죽여라!"

순간, 천장이 쩍 갈라지며 네 줄기 섬뜩한 광채가 북궁천을 향해 쏟아졌다.

북궁천은 아는지 모르는지 홍무수만 바라보며 냉소를 지었다.

"네 염소대가리야."

그는 냉랭히 말하며 양손을 좌우로 휘둘렀다.

퍼버벅! 따당! 쾅!

쏟아지던 섬광이 벼락처럼 터져 나가며 사방으로 튀었다.

그를 암습했던 자들은 벽에 처박히고, 천장으로 튕겨 나가고, 바닥에 처박혔다.

한 사람은 목이 괴이하게 꺾였고, 한 사람은 부러진 검날이 심장에 박혔고, 한 사람은 가슴이 뭉개졌고, 한 사람은 머리 한쪽이 함몰되었다.

단숨에 암습자를 처박은 북궁천은 어느새 홍무수의 앞에 다가가 있었다.

의자를 팽개치고 벌떡 일어나던 홍무수는 멀찌감치 있던 북궁천이 거짓말처럼 코앞에 나타나자 겁에 질린 표정으로 양손을 뻗었다.

"가까이 오지 마!"

찰나였다.

쉬쉬쉬쉭!

그의 양손 소매 속에서 눈에 잘 보이지도 않는 뭔가가 쏘아졌다.

그것은 바늘처럼 가느다란 암기로, 홍무수가 절체절명의 순간에 구명의 무기로 사용하는 절명침(絕命針)이었다.

팔뚝에 장착된 절명침통 하나에는 세 치 길이의 침이 모두 이십 개씩 들어 있었는데 극독이 칠해져 있었다.

홍무수는 자신의 공격이 성공했음을 믿어 의심치 않았다.

자신이 뻗은 손에서 떨어진 거리라고 해 봐야 다섯 자. 그 거리에서 절명침을 피한다는 것은 신이 아니고서야 불가능했다.

아니나 다를까, 시퍼런 빛을 발하는 절명침 중 다수가 상대의 가슴을 파고드는 게 보였다.

"낄낄낄낄, 건방진 놈."

홍무수는 긴장을 풀고 득의만만한 표정을 지었다.

단천이라는 놈의 실력은 정말 대단했다. 자신을 비밀리에 지키는 사귀를 단숨에 물리치다니.

하지만 그런 놈도 자신의 암수를 벗어나지 못한 것이다.

"내 머리를 가져간다고? 죽일 놈이 감히 어디서 함부로 주둥이를 놀리는 거냐?"

그는 자신만만한 표정을 지으면서도 가까이 가지 않았다.

독이 퍼지기 전에 가까이 가는 것은 매우 위험했다. 놈이 발악을 할지 모르는 것이다.

그 때 뭔가가 땅에 떨어지는 소리가 났다.

툭.

그 소리는 한 번으로 끝나지 않고 연이어서 들렸다.

투두둑.

홍무수의 눈이 자연스럽게 바닥을 향했다. 바닥에 떨어져서 굴러가는 것은 푸르스름한 빛을 발하는 침이었다.

바로 자신이 쏜 절명침.

"이게 어떻게……?"

그는 그때까지만 해도 크게 신경 쓰지 않았다.

끝이 무뎌서 옷을 뚫지 못하고 살에 박히지 않은 것이 몇 개 있을 수도 있었다.

하지만 자신이 쏜 절명침은 사십 개. 열 개만 제대로 박혔어도 독 때문에 곧 쓰러질 수밖에 없을 것이었다.

"쯔쯔쯔, 다음에는 침을 더 뾰족하게 만들라고 해야겠군."

그런데 떨어지는 소리가 계속 들렸다.

어느덧 바닥에 떨어진 침의 개수가 스무 개를 넘어섰다.

홍무수의 얼굴에서 서서히 웃음이 사라졌다.

그는 방어 자세를 취한 채 슬그머니 뒤로 발을 뺐다.

정통으로 맞은 개수가 적다면 아직 움직일 힘이 남아 있을 가능성이 컸다.

"흥, 교활한 놈. 내가 가까이 다가가기만 기다렸군."

그제야 북궁천의 입이 열렸다.

"하는 꼴 좀 더 구경하려고 했더니, 시간이 아까워서 안 되겠군."

그는 자신의 앞섶 자락을 잡고 가볍게 흔들었다.

후두둑!

옷자락에서 튄 시퍼런 빛이 홍무수를 향해 날아갔다. 살갗을 뚫지 못하고 옷자락에 꽂혀 있던 절명침이었다.

"헉!"

대경한 홍무수는 입을 쩍 벌리며 몸을 틀었다.

그러나 옷자락에서 튄 절명침의 속도는 절명침통 속의 용수철에 의해 발사된 것만큼이나 빨랐다. 옷을 대충 털어서 몇 개는 그의 몸을 벗어났지만 대여섯 개가 그의 몸에 박혔다.

"크으윽! 아, 안 돼!"

덜덜 떨며 급히 옷을 벌리고 절명침을 빼내는 홍무수의 안색이 시커멓게 변했다.

몸에 박힌 여섯 개의 침을 모두 빼낸 그는 급히 벽 쪽으로 가더니 벽에 걸린 족자를 떼어 냈다. 호랑이가 그려진 족자는 은자 오십 냥이나 주고 산 값비싼 작품이었지만 지금은 거추장스러울 뿐이었다.

찢듯이 족자를 떼어 낸 그는 벽에서 튀어나온 둥근 돌 다섯 개를 빠르게 눌렀다.

그르르르릉.

벽 일부가 한쪽으로 밀려나며 서랍이 나타났다.

그는 그중 맨 아래쪽 서랍을 떨리는 손으로 열고 그 안에서 작은 자기병을 꺼냈다. 그 안에는 절명침에 묻은 독의 해독제가 들어 있었다.

해독제를 그에게 판 자는, 그것이 비록 완벽한 해독제는 아니나 그래도 목숨은 건질 수 있을 거라고 했다.

그는 살고 싶었다.

그런데 북궁천이 그 모습을 보고 손을 뻗었다.

거리가 이 장이나 되었는데도 홍무수의 손에서 자기병이 빠져나와 북궁천의 손으로 날아왔다.

홍무수가 덜덜 떨리는 손을 뻗으며 간청했다.

"제, 제발 그 약을 주게."

북궁천은 자기병의 뚜껑을 열고 기울여서 환으로 된 약을 손바닥에 쏟았다.

해독제는 모두 다섯 알이었다.

홍무수의 얼굴이 파랗게 질렸다. 그는 그 해독제를 북궁천이 모두 복용하려는 줄 알았다.

"사, 살려 주게, 단천. 많이도 필요 없네. 이 늙은이를 불쌍히 여겨서 그중 하나만 주게."

"내가 해독제를 주면 당신은 뭘 줄 건데?"

"뭐, 뭐든 주겠네. 제바아아알……."

"믿어도 될까?"

"무, 물론이네. 그러니 어서 그 약을……."

북궁천은 옆에 있는 탁자 위의 문방사우에서 종이를 펼쳤다.

벼루에는 조금 전에 홍무수가 서찰을 쓰며 갈아 놓은 먹물이 아직도 마르지 않은 상태로 고여 있었다.

그는 붓에 먹을 묻혀서 홍무수에게 내밀었다.

"써."

"뭘……?"

"서마련의 모든 것을 설문에게 넘긴다고 쓰면 돼. 왜, 쓰기 싫어? 뭐든 준다며?"

"그, 그게……."

"아직도 모르겠나? 이 난리가 났는데도 사람들이 왜 안 들어오는지 알아?"

"그, 그럼 설문이……?"

"너는 이미 끝났어, 홍무수."

홍무수는 처연한 표정으로 붓을 받아 들었다.

"쓰면 해독제를 줄 건가?"

"나는 누구처럼 약속을 어기지 않아."

모든 것을 포기한 홍무수는 떨리는 손으로 간단하게 북궁천이 부른 내용을 적었다. 굳이 길게 쓸 것도 없고, 그럴 시간도 없었다.

빠르게 글을 적은 그는 북궁천을 올려다보았다.

"어, 어서 해독제를 주게."

북궁천은 해독제 한 알을 건네주었다.

홍무수는 해독제를 입안에 털어 넣고 두어 번 씹은 다음 침으로 삼키고는, 급히 가부좌를 틀고 약기운을 북돋기 위해 운기했다.

그사이 북궁천은 홍무수가 쓴 글을 대충 훑어보고는 벽의 서랍으로 갔다.

삼단으로 된 작은 서랍 안에는 비단으로 된 주머니와 작은 함이 들어 있었다. 뭔지 알 순 없지만 비밀서랍에 들어 있다면 값싼 물건은 아닐 것이 분명했다.

"오늘은 일당이 꽤 되는군."

그는 내용을 확인해 보지도 않고 대충 품속에 집어넣었다.

그러고는 몸을 돌려서 손가락을 튕겼다.

거미줄 같은 천조혈심기가 운기하던 홍무수의 뇌를 휘저어 버렸다.

"끄어어어."

홍무수는 몸을 부들부들 떨더니 눈을 부릅뜨고 앞으로 꼬꾸라졌다.

"억울해하지 마. 약속대로 해독제는 줬으니까."

일을 마친 그는 탁자 위의 서찰을 들고 미련 없이 몸을 돌려 방문으로 향했다.

밖으로 나가자 설문이 그를 향해 다가왔다.

그의 뒤에는 간부로 보이는 자들 대여섯 명이 서 있었다. 그들은 설문에게 무슨 말을 들었는지 초조한 기색으로 상황을 지켜보고 있었다.

북궁천이 서약서를 설문에게 건넸다.

"이제부터 서마련은 그대가 책임져라. 방법은 그대가 알아서 해."

"예, 공자."

"명심해. 난 내 뒤통수 치는 놈을 아주 싫어해."

설문이 어찌 모를까, 홍무수가 저 꼴이 된 것도 결국 그 일 때문인데.

"명심하겠습니다."

第九章

삼두마차(三頭馬車)

해시 초.

연풍척과 연소랑은 금천장과 화정루, 대원보를 순회하고 돌아온 북궁천의 이야기를 듣고 얼굴이 창백해졌다.

"정말 그 방법밖에 없어?"

"이번에 동마방을 치면서 벌어들인 것 많지?"

"그럭저럭."

"제법 괜찮은 무사들도 많이 끌어들였을 것이고."

"그렇다고 볼 수 있지."

"그럼 더 망설이지 말고 내 말대로 해. 그 정도 자금과 인원이면 어디를 가더라도 괜찮은 문파를 세울 수 있으니까."

“그래도 이만큼 크기 위해서 얼마나 노력했는데…….”

“더 욕심내면 그나마 얻은 것도 잃을 거다.”

연소랑이 눈 한 번 깜박이지 않고 북궁천을 뚫어지게 쳐다보았다.

“설마…… 우리가 떠나면 단천이 이곳을 장악하려고 그러는 건 아니겠지?”

피식.

북궁천의 입술이 비틀리며 가느다란 조소가 그어졌다.

“누가 장악하고 말고 할 것도 없어. 천사교가 이기면 천사교가, 정파가 이기면 정파가 가만두지 않을 테니까.”

침중한 표정으로 생각에 잠겼던 연풍척도 북궁천의 말에 고개를 끄덕였다.

“자네 말이 맞네. 아무래도 상주에서의 생활은 여기까지인 것 같군.”

그 때 북궁천이 묘한 표정으로 연풍척을 보며 말했다.

“정리를 해도 마땅히 갈 곳이 없으면 말하시오. 내가 괜찮은 곳을 소개해 줄 테니까.”

*　　　*　　　*

은은한 불빛이 낮게 깔린 방 안.

왠지 모르게 황초에서 타오르는 불빛이 붉게 느껴진다.

바닥에 흥건한 선홍빛 핏물

그 위에 벌레처럼 몸을 웅크린 채 쓰러져 있는 나신의 여인.

그리고 그 모습을 차가운 눈으로 바라보는 하얀 얼굴.

"치워라."

호연유는 피투성이가 된 손을 닦으며 차가운 목소리로 말했다.

계집과 즐기면서 패배감과 분노를 가라앉히려 했다.

하지만 그러한 마음이 가라앉기는커녕 오히려 짜증만 깊어졌다.

급하게 구하다 보니 계집이 마음에 안 들기도 했고, 욕망이 쉽게 타오르지 않으니 마음이 급해져서 손을 너무 독하게 썼다.

그 바람에 불길이 타오르지도 않았는데 죽어 버렸다.

벌써 두 번째.

"제길, 다른 놈들하고 같이 즐겨야 제맛인데……."

그를 즐겁게 하는 것은 고통스러워하는 여인들뿐만이 아니다. 그 광경을 보면서 눈이 붉게 충혈된 늑대들의 광란에 가까운 몸짓도 그를 흥분케 한다.

극렬히 타오르는 쾌락의 불길.

누구에게도 말하지 않았지만, 여인들보다 미친 늑대들의 그 몸짓이 그의 쾌감을 절정으로 이끈다.

오늘, 그 사실을 더욱 확실하게 깨달았다.

'그자라도 불러야겠어.'

생각만으로도 가슴이 뜨거워지고 그곳에 힘이 들어간다. 여인을 죽기 직전까지 괴롭힐 때는 그토록 움직이지 않던 그곳이.

'빌어먹을!'

아무래도 확실한 것 같다. 자신의 몸이 진정으로 원하는 것은 여인이 아니다.

음혼혈마공 때문일까?

그럴지도 모른다. 음혼혈마공 자체가 엄청난 음기를 지녔으니까.

어쨌든 그는 더 이상 자신의 본능적인 욕망을 거부하지 않기로 했다.

"잠령, 가서 정산을 데려와라. 만약 오지 않겠다고 하면…… 그동안 그가 한 짓을 모두 밝혀 버릴 거라고 해라."

이제는 둘밖에 안남은 사사령 중 하나, 잠령의 눈빛이 암울해졌다.

호연유의 목적이 분노를 삭이기 위함이라는 걸 모르지는 않았지만 방법에 문제가 있었다.

그러나 자신에게는 오직 복종만이 있을 뿐.

그는 무거운 마음으로 고개를 숙였다.

"예, 소존."

'아무래도 혈교령과 상의를 해 봐야 할 것 같군.'

사야승은 잠령의 말을 듣고 착잡한 표정을 지었다.

그도 호연유에게 기괴한 취미가 있다는 것을 익히 알고 있었다. 전이었다면 그러려니 하며 넘겼을 일이었다.

하지만 지금은 상황이 달랐다.

우영산장에 도착한 지 며칠이 지났는데도 총단에서 별다른 조치가 없는 상황이다.

왠지 불길했다.

"일단 너는 소존의 명령을 이행해라. 그 일은 내가 알아서 처리하마."

잠령은 무겁게 고개를 끄덕이고 방을 나갔다.

혼자 남은 사야승은 눈을 가늘게 뜨고 이를 지그시 악물었다.

'이럴수록 교주님의 신임만 잃을 뿐이다. 아니, 어쩌면 이미 실망하고 계신지도 모르겠군. 안 되겠어, 나라도 살 방도를 찾아봐야지……'

*   *   *

유원당의 암살 소식이 퍼진 뒤로 적산채의 분위기는 물먹은 솜처럼 가라앉아 있었다.

그나마 다행인 것은 그 와중에도 무림맹 산하 문파에서 보낸 제자들이 꾸준히 도착해서 어느덧 무림맹 제자들만 해도 오백이 넘는다는 것이었다.

거기다 협의를 위해 싸우겠다며 몰려든 무사들까지 합하니 무사의 숫자가 총 이천에 이르렀다.

문제는 그들을 지휘할 지휘 체계가 확실하게 잡혀 있지 않다는 점이었다.

무사들은 자신을 갈고닦으며 언제든 수뇌부의 결정이 나기만 기다렸다.

그렇게 분위기가 깊게 가라앉은 적산채에 생각지도 않았던 손님이 몰려온 것은 정오가 얼마 남지 않았을 때였다.

적산채에 있던 정파연합 고수들은 그들을 보고 표정이 밝아졌다.

특히 철군성의 고수들은 누구보다도 그들을 반겼다.

적산채로 이어진 산길을 당당한 걸음으로 올라오는 무사 이백여 명. 그들은 다름 아닌 철군성의 무사들이었다.

"조카가 어쩐 일로 여기까지 왔는가?"

진왕리가 선두에 서서 올라오는 사람을 보고 놀라서 눈을 크게 떴다.

철군성의 고수들을 이끌고 온 사람이 다름 아닌 철군성의 소성주, 사자신검 공손후였던 것이다.

"하하하. 진 숙부, 그동안 고생하셨습니다."

"고생은 무슨. 그런데 형님께서 조카를 보내 주시던가?"

"설아를 납치하려 한 놈들을 멀리서만 지켜보려니까 좀이 쑤시지 뭡니까? 그래서 철혈검대를 이끌고 달려왔지요."

"어쨌든 잘 왔네. 안으로 들어가세."

그 때 철군성 무사들 속에서 대뜸 욕설이 터져 나왔다.

"이놈아! 나는 보이지도 않느냐?"

진왕리의 눈이 더욱 커졌다.

"어? 형님은 왜 또 왔수?"

"왜 오기는! 설아가 어찌나 보채는지 견디다 못해서 도망 왔다!"

다름 아닌 염구악이었다.

사실 그는 공손설이 보채서 왔다기보다, 북천마제가 싸우는 것을 직접 보지 못하면 죽어도 후회할 것 같아서 따라온 것이었다.

철군성에서 대규모 지원무사가 도착하자 가장 큰 통나무 집에서 회의가 열렸다.

무림맹과 삼성궁, 천무회, 백검맹, 철군성의 최고수뇌부들이 오랜만에 모두 참석했다.

공손후는 그들과 일일이 인사를 건네고 자리에 앉았다.

"숙부, 총군사께서 불의의 일을 당했다 들었습니다. 어떻게 된 일입니까?"

진왕리가 씁쓸한 표정으로 말했다.

"살수가 잠입했네. 스물네 명의 호위무사가 지키고 있었는데도 속수무책이었지."

"음, 충격이 크셨겠습니다."

"우리가 너무 소홀했어. 과거 무림맹 장로들을 암살했던 백혈사신이 천사교에 있다는 걸 생각했어야 하는데 말이야."

"그럼 총군사를 암살한 자가 백혈사신입니까?"

"암살자에 대해선 아직 확실하게 밝혀지지 않았네. 침입한 방법이 소문으로 듣던 그의 수법과 비슷한 것 같아서 그리 생각하는 것뿐이지."

"그럼 혹시 그의 제자가 아닐까요?"

"어쩌면 그럴지도 모르지."

공손후는 대충 상황을 듣고는 좌중을 둘러보았다.

"그럼 이제 어떻게 하실 생각이십니까? 계속 이곳에 머물며 지켜만 보실 겁니까?"

기다렸다는 듯 등조립이 눈을 부라리며 강한 어조로 말했다.

"철군성의 지원군도 도착했으니 놈들을 칩시다! 놈들을 코앞에 두고 언제까지 이러고 있을 거요? 하다못해 영서에 있는 놈들이라도 무너뜨려서 놈들의 간담을 서늘하게 해 줘야 하지 않겠소?"

구양환을 밀어내고 삼성궁의 전권을 쥔 천군호가 무거운

표정으로 고개를 끄덕였다.

"그 말도 맞소. 인원이 많아지니 물자 지원에도 문제가 있고, 공격을 더 이상 미룰 수는 없을 것 같구려."

그 말을 듣고 구양환이 눈빛을 번뜩였다.

"그 전에 지휘부를 새로 구성해야 하지 않겠소?"

선우명도 그의 의견에 맞장구쳤다.

"며칠 더 애도 기간을 가졌으면 좋겠지만, 상황이 상황인 만큼 이쯤에서 정리를 합시다. 비록 총군사에 비해 뒤떨어질지 몰라도 위 각주라면 충분히 우리를 이끌 수 있다고 봅니다만."

"이 등 모도 선우 가주의 의견에 찬성이오. 사실 병법을 따지자면 위 각주도 어느 누구에게 떨어지지 않는 뛰어난 사람이외다."

등조립과 구양환, 선우명이 주거니 받거니 하면서 위효릉을 천거했다.

사공강후와 관호명 등 천무회 사람들은 마땅히 내세울 사람이 없기 때문인지 침묵을 지켰지만, 무림맹에선 새롭게 한 사람을 내세웠다.

"위 각주의 능력을 못 믿는 것은 아닙니다만, 여태까지의 싸움에서 드러났듯이 위 각주의 병법은 천사교와의 싸움에선 유난히 약세를 보였소이다. 해서 본 가주는 제갈상 아우를 추천하는 바요."

공원 대사와 함께 무림맹을 대표하는 남궁원이 오랜만에 자신 있는 어조로 말했다.

뒤늦게 합류한 무림맹 고수 중에는 제갈세가의 사람도 있었다. 그중 제갈상은 제갈세가 내에서도 기문진식과 병법이 뛰어난 것으로 유명했다.

구양환과 등조립도 제갈상이라는 이름이 나오자 당장 반박하지 못했다.

누가 뭐라 해도 제갈세가는 아직까지 중원제일의 군사 가문이었다. 그중에서도 현의수사(賢義修士)라는 별호로 유명한 제갈상이 거론되자 반박할 말이 없었다.

대신 구양환이 대안을 내놓았다.

"험, 그럼 쌍두체제로 가는 것은 어떻겠소? 군사가 둘이면 혼란이 올 수 있지만, 인원이 이천에 이르는 터라 어차피 함께 움직이는 것이 힘든 상황이오. 그러니 각자 병법을 펼치며 경쟁하는 것도 괜찮을 것 같소만."

등조립과 선우명을 비롯한 삼성궁 사람들 중 다수가 그의 의견에 찬성했다.

천군호는 무엇 때문인지 입을 다문 채 듣기만 했고, 백화청과 조관수 등 백검맹 사람들 역시 별다른 반응을 보이지 않았다.

제갈상을 천거한 남궁원은 거부하지 못하고 일단 다른 사람들의 의견을 물어보았다.

"백리 대협은 어떻게 생각하시오?"

그때까지도 입을 다물고 있던 백리진이 자리에서 일어났다.

그는 대답에 앞서 잠시 허공을 응시했다.

왠지 기이한 행동이었지만 무거운 분위기 탓인지 이상하게 여기는 사람은 없었다.

그렇게 잠시 허공을 바라보던 그가 어느 순간 미미하게 고개를 끄덕였다.

"백리 아무개도 반대하지는 않겠소. 단, 둘보다는 셋이 좋을 것 같다는 생각이오. 대립된 의견이 나와서 맞설 경우 아까운 시간만 흐를지도 모르니, 신속한 결정을 위해서라도 중재할 사람이 하나 더 있어야 하지 않겠소?"

"누구 추천할 사람이라도 있소?"

"중재를 하려면 어느 쪽에도 기울어지지 않은 사람이어야 하오. 또한 사리판단이 빠르고 전체적인 상황을 보는 눈도 있어야 하오. 해서 나는…… 공손 공자를 추천하고자 하오."

의외의 말에 사람들의 눈이 백리진과 공손후를 오갔다.

그 때 임강령이 백리진의 의견을 거들었다.

"저도 찬성입니다. 공손 공자는 철군성을 실질적으로 움직이는 위치에 있는 만큼 대세를 잘 판단할 거라는 게 제 생각입니다. 그리고 지금의 별호는 사자신검이지만, 어렸을 적에는 현무공자라 불릴 정도로 지혜가 뛰어나다 들었습니다. 현재 상황에서는 가장 적절한 인선이라고 생각됩니다.”

어느 누구도 반대 의견을 내놓지 못했다.

공손후가 무공과 학식을 겸비했다는 것은 오래전부터 알려진 바였다.

더구나 그는 실질적으로 철군성을 움직이는 차대 성주. 그만큼 무게감도 있었다.

본인이 반대한다면 모를까, 그만한 사람도 없는 것이다.

“저희 천무회도 찬성하겠습니다.”

사공강후가 천무회 대표로 찬성했다.

그러자 천군호도 백리진의 의견을 순순히 받아들였다.

“험, 공손 공자라면 괜찮을 것 같구려. 우리 삼성궁도 그 의견을 받아들이겠소.”

공손후는 갑작스런 상황에 당황해서 백리진의 청을 사양하려고 일어났다.

그런데 그 때 백리진의 전음이 귓속을 파고들었다.

—자세한 것은 나중에 말하겠네. 일단 받아들이게나.

그 바람에 그는 어정쩡한 상태에서 포권을 취했다.

“이거 참…… 말씀을 들어 보니 저만 편하겠다고 사양하는 것도 도리가 아닌 것 같군요. 여러분들이 그리 말씀하시니 따르도록 하겠습니다.”

그렇게 정파연합은 말 세 마리가 마차를 이끄는 묘한 형국이 된 채 천사교를 공격하기 위해 머리를 맞댔다.

그로부터 반 시진가량 지났을 때, 황보청과 종리기진이 헐레벌떡 도착했다.

그리고 진평천이 보낸 사자가 이각의 차이를 두고 적산채에 들어섰다.

*　　*　　*

아침이 되자 상주 곳곳에 마제를 부르는 방문이 붙었다.

소문은 조양장에 있는 북궁천 일행에게도 전해졌다.

"어떻게 하실 겁니까?"

장추람이 걱정스런 표정으로 물었다.

냉호와 철교신 역시 침중한 표정으로 북궁천을 바라보았다.

전날 저녁 늦게 북궁천에게 들었음에도 막상 그런 방문이 붙자 마음이 편치 않았다.

북궁천이라 해서 어찌 마음이 편할까?

하지만 그는 애써 담담한 표정으로 말했다.

"내버려 둬. 개 짓는 소리에 신경 쓸 것 없다."

"그러다 소군께 정말 못된 짓을 저지르기라도 하면 어떡하시려고요?"

"그럼 당장 달려가서 사정하랴?"

"아뇨, 그런 것이 아니라……."

"아직 이삼 일의 시간이 남았다. 그리고 놈들도 함부로 그런 짓을 할 수 없을 거다. 날 끌어내려고 수작을 부리는 것뿐이야."

장추람 등은 더 이상 말하지 않았다.

북궁천이 누구보다 속이 탄다는 것을 그들이 어찌 모를까. 어쩌면 태평한 저 말투도 자신들을 안심시키려고 그러는 것일지 모른다.

남들은 잘 모르지만 마제가 생각보다 잔정이 많다는 것을 그들을 잘 알고 있었다.

"아무래도 정신 차리지 못하게 몰아붙여야 할 것 같다. 그래야 놈들도 진아에게 신경 쓸 틈이 없겠지."

북궁천의 그 말을 듣고 냉호가 눈치를 보면서 물었다.

"그러다 천사교주가 분노하기라도 하면……?"

"천사지존이 그 정도 크기라면 내가 걱정하지도 않아."

"그럼 공격할 곳은 생각해 보셨습니까?"

북궁천은 세 사람을 천천히 둘러보았다.

"조금 이상하지 않아?"

"예?"

"아무리 금천장에서 영서의 우영산장까지 거리가 얼마 안 된다지만, 천사교주가 지원 병력을 보내지 않고 있다. 왜 안 보내는 걸까?"

냉호가 자신의 생각을 말했다.

"정파연합을 철저히 감시하고 있을 테니, 그들이 공격해 온다는 걸 알고 난 후에 보내도 된다고 보는 것 아니겠습니까?"

"그래, 그럴지도 모르지. 하지만 말이야, 내 생각은 조금 달라."

"어떤 생각이신데……."

"큰 싸움에서는 미끼가 아주 중요한 법이다."

장추람이 그러잖아도 큰 눈을 휘둥그렇게 떴다.

"천사교주가 그들을 미끼로 내놓을지 모른단 말입니까? 에이, 소문을 들으니 소존은 천사교주의 아들이라고 하던데, 아무리 승패가 중요해도 아들을 미끼로 내놓겠습니까?"

대답하는 북궁천의 눈빛이 무심하게 가라앉았다.

"미끼가 크고 먹음직스러워야 대물을 잡을 수 있는 법이야. 게다가 상대는 천사지존이다. 승리를 위해서라면 자식도 내던질 수 있는 자……."

"으음, 주군의 말씀이 사실이면 영서는 함정이나 마찬가지로군요."

"그렇게 생각할 수도 있지."

그 때 무슨 생각이 들었는지 냉호가 흠칫하며 물었다.

"설마 함정 속으로 자진해서 뛰어들겠단 말씀은 아니겠지요?"

"저들이 노리는 건 우리가 아니다. 내 생각이 사실로 확인

되면 오히려 우리에게는 기회라 할 수 있어. 소존, 그 개새끼 머리는 꼭 내 손으로 박살 내 버릴 거다.”

말투가 어찌나 싸늘한지 세 사람은 등줄기가 오싹했다.

그런 한편으로는 걱정도 되었다.

‘설마 우리만으로 영서에 있는 놈들을 친다는 건 아니겠지?’

북궁천은 장추람 등을 방에서 내보내고 노중문을 불러들였다.

“가서 방철산을 만나라.”

“예, 주군.”

“그에게 이걸 선물로 줘.”

북궁천은 노중문에게 서찰 두 장을 건넸다.

홍무수의 비밀 서랍에 있던 주머니에는 예상했던 것보다 더 값진 물건이 들어 있었다. 단순히 황금이나 전표가 아닌 형형색색의 보주와 가치를 알 수 없는 기보들이 들어 있었던 것이다.

그리고 납작한 함 두 개 중 하나에는 서찰이 들어 있었다.

그가 노중문에게 건네는 서찰 뭉치는 바로 그 서찰 중 일부였다.

“홍무수와 주서광이 주고받은 서찰이다. 아주 재밌는 내용이 들어 있더군. 방철산에게 그 서찰이 내가 가진 것 중 일부

라고 전하고, 더 보기를 원한다면 내가 직접 그곳으로 찾아간
다고 해."

"시간은 언제쯤으로 잡으면 되겠습니까?"

"보는 눈이 적을 때가 좋겠지."

*　　　*　　　*

노중문이 북궁천에게서 서신을 받은 지 한 시진.

방철산은 서찰을 다 읽고 시퍼런 눈빛을 번들거렸다.

깨끗한 척하던 주서광의 치부가 낱낱이 적혀 있었다. 처먹
은 것도 더 많고 더러운 짓도 더 많이 했다.

서찰의 내용이 사실이라면, 확실한 증거가 있다면 주서광
을 짓누르는 것쯤은 일도 아니었다.

그는 서찰을 더 가지고 있다는 북혈회의 애송이를 직접 만
나 보기로 했다.

"장환, 서찰이 더 있다고 했지?"

"예, 원주. 원하신다면 밤늦게 찾아뵙는다고 했다 합니
다."

"자시에 찾아오라고 해."

"알겠습니다."

장환이 대답하고 방을 나가자 방철산의 입꼬리가 치켜 올
라갔다.

'후후후, 주서광. 너는 이제 내 발바닥이나 핥아야 할 거다.'

한편, 주서광은 서마련이 설문에게 넘어갔다는 수하의 보고를 받고 눈을 가늘게 좁혔다.

"홍무수가 죽었단 말이지?"

"예, 총령. 소매 속에 지니고 있던 절명침이 오발되어서 복부와 가슴에 꽂혔다고 합니다."

"멍청한 새끼. 똑똑한 척은 혼자 다 하더니……."

"그런데 제가 알아본 바에 의하면 그 전에 북혈회의 단천이라는 놈이 찾아왔었다고 합니다. 아무래도 그놈이 수상합니다."

"놈이 죽었을지도 모른다는 소리냐?"

"홍무수가 죽었다면 한바탕 난리가 일어나야 하는데 너무 조용합니다."

"동마방이 괴멸된 데다 련주까지 죽었으니, 자신들도 어떻게 될지 몰라서 긴장했기 때문일 수도 있지 않느냐?"

"그런 것일 수도 있습니다만, 아무리 그렇다 해도 처음부터 끝까지 꼭 짜인 대로 움직이는 것처럼 어색하게 느껴집니다."

주서광은 자신의 눈과 귀 역할을 하는 오지관의 말을 무시하지 않았다.

방철산에게 장환이 있다면 그에게는 오지관이 있었다.

오지관은 그를 십 년 동안 보좌하면서 한 번도 허튼소리를 한 적이 없었다.

"좋아, 네 생각이 그렇다면 가서 설문이라는 놈을 만나 봐라. 단천이라는 놈은 내가 알아서 할 테니까. 그리고 가거든 홍무수가 남긴 것이 없는지 철저히 알아봐. 그 여우새끼가 서신을 태우지 않고 어디다 숨겨 놓았을지도 모르니까."

"존명."

*　　　*　　　*

"자시에 만나기로 했습니다."

"적당하군."

"방철산은 욕심이 많은 자이기도 하지만 잔혹하고 교활한 자입니다. 조심하십시오."

북궁천은 노중문의 말에 느릿하니 고개를 끄덕였다.

"걱정 마라. 그런 자에게 당할 사람은 아니니까."

노중문의 눈빛에 곤혹감이 떠올랐다.

회안마존 방철산.

정녕 두려운 이름이 아닐 수 없었다.

천하 마도고수 중 열 손가락 안에 들어갈 수 있는 절대고수가 그다. 어지간한 마도고수는 손가락 하나로 눌러 죽일 수 있는 마도의 거물 중 거물.

천사종 호연도광이 아니면 누가 감히 그를 아래에 두고 움직일 수 있으랴.

그런데도 새로 모신 주군은 그를 대단치 않게 생각하고 있었다.

문제는 그러한 태도가 허풍이 아닌 것처럼 보인다는 것이다.

대체 주군의 정체는 뭘까?

회안마존을 대단치 않게 여길 수 있는 사람이 강호에 얼마나 될까?

열? 스물? 적어도 그 이상은 넘지 않을 것이다.

그러한 자 중 젊은 사람은 더욱 적을 것이고.

'일처리하시는 걸 보면 강호에 갓 나오신 분은 절대 아닌데……'

그 때 문득 오전에 상주를 떠들썩하게 만든 소란이 떠올랐다.

머릿속에서 번개가 쳤다.

'마, 맙소사! 그럼 주군께서……?'

그의 눈이 자신도 모르게 커졌다.

"그대가 눈치챈 걸 보니 더 이상 시간을 끌 수 없을 것 같군."

북궁천이 무심한 눈으로 노중문을 보며 말했다.

노중문은 머리끝에서 발끝까지 내달리는 전율에 온몸이 파르르 떨렸다.

"그, 그럼 정말 주군께서…… 마제라는 말씀……?"

"내 사람이 된 것을 후회하나?"

노중문은 무너지듯이 무릎을 꿇었다.

"아닙니다, 영광입니다!"

"그럼 이제부터 그대는 나와 함께한다. 나중에 북천까지 함께 갈 것인지는 그대가 선택해."

깊게 생각할 것도 없었다. 노중문은 반사적으로 대답했다.

"따라가겠습니다!"

"그래? 그럼 끝까지 살아남아."

"예, 주군!"

노중문을 내보낸 북궁천은 장추람을 불러들였다.

"부르셨습니까?"

"현도관에 갔다 와라."

장추람을 현도관으로 보낸 북궁천은 자신의 방에 틀어박혀서 운기행공에 전념했다.

그는 언젠가부터 운기행공을 하며 천조혈심기를 함께 운용했다.

천조혈심기는 다른 사람의 혈맥을 뚫는 것에만 효과가 있는 게 아니었다.

거미줄처럼 가느다란 진기가 구석구석을 누비며 주요 혈도를 돌고 나면 온몸이 상쾌해졌다.

직접적으로 공력이 늘어난다거나 하진 않지만, 그로 인해서 진기 유통이 훨씬 원활해졌다. 간접적으로나마 진기가 늘어나는 효과가 있는 것이다.

한 시진에 걸쳐서 대주천을 마치고 눈을 뜬 그는 만족한 미소를 지었다.

'천조혈심기라면 진아의 절맥증도 고칠 수 있을지 모르겠군. 방 의원에게 한번 물어봐야겠어.'

천조혈심기의 굵기가 전보다 더욱 가늘어졌다. 아기의 미세한 맥도 충분히 다스릴 수 있을 만큼. 그렇다고 해서 약한 것이 아니다. 오히려 더 질기고 강해졌다.

진아의 절맥증을 자신의 손으로 고칠 수 있을지 모른다는 생각에 마음이 편해진 그는 몸을 일으켰다. 절맥증을 고치는 것도 진아를 구한 다음의 일이었다.

그가 밖으로 나가자 기다렸다는 듯 장추람이 다가왔다.

"현도관에서 술시 말에 만나기로 했습니다."

"저녁 식사를 마친 후에 가면 되겠군. 냉호."

북궁천이 고개를 돌려 한쪽에서 팔짱을 끼고 기둥에 기대서 있는 냉호를 불렀다.

냉호가 기둥에서 몸을 떼고 자세를 바로 했다.

"예, 대형."

"저녁 식사 후 교신과 함께 서마련에 가서 설문을 도와줘
라."

                    *   *   *

방철산은 석양을 등진 채 교주의 거처인 금화전으로 들어
갔다.

넓은 금화전의 좌우에 석상처럼 고요히 서 있는 교주의 친
위무사 천사팔혼(天邪八魂)의 시선이 그를 따라 움직였다.

눈구멍에 얼음을 박아 넣은 듯 온기 하나 없는 그들의 시
선은 천하에 두려울 것 없다는 회안마존조차 서늘함이 느껴
질 정도였다.

천사지존이 이십 년간 심혈을 기울여 만들어 낸 노력의 결
정체.

개개인이 초절정 경지에 이른 고수고, 셋이면 절대지경의
고수조차 죽일 수 있다는 자들.

만약 자신이 지존을 해하려 한다면 저들의 손에 먼저 당할
지 몰랐다.

방철산은 그들 사이를 지나 호연도광에게 다가갔다.

호연도광은 최근 들어서 아기와 함께 지내는 시간이 부쩍
늘었다. 그 시간만큼은 아기를 정말 좋아하는 것이 아닐까
하는 생각이 들 정도로 표정이 밝았다.

그러나 방철산은 그 표정을 곧이곧대로 믿지 않았다.

천사지존은 악의 화신이다. 어떤 이유로든 그가 아기를 순수하게 좋아할 사람이라면 지금의 그는 있지도 않았을 것이다.

방철산이 일 장 반의 거리를 두고 멈춰 선 후에야 호연도광이 고개를 돌렸다.

"이 시간에 어쩐 일인가, 방 장로?"

"드릴 말씀이 있습니다."

"그래? 어디 말해 보게."

"최근 들어서 본 교의 간부들 중 일부가 외부 세력과 결탁해 부를 챙긴다는 소문이 있습니다."

"그게 사실인가?"

"소문을 듣고 조사하는 중입니다만, 지금까지 조사한 것만으로도 사실인 것처럼 보입니다."

"못된 놈들이군. 천사의 세상을 이루기 위해서라면 가진 것도 바쳐야 할 놈들이 감히 사욕을 챙기려 하다니."

"개중에는 간부급 인사들도 상당수 있다고 합니다."

"그게 사실인가?"

"교주께서 허락해 주신다면 제가 샅샅이 조사해서 밝혀내겠습니다."

"그런 일이라면 걱정 말고 하고 싶은 대로 해 보게. 본좌가 얼마든지 밀어줄 테니까."

“감사합니다, 교주.”

방철산은 희미한 미소를 지으며 고개를 숙였다.

‘주소광, 네놈의 숨통을 천천히 조여 주마.’

그 때 호연도광이 물었다.

“며칠 전에 무너진 동마방의 방주 악동초도 본 교의 간부와 가깝게 지내는 것 같다는 말을 들었네. 그 일에 대해서는 아는 것이 없는가?”

한껏 기분이 고조되었던 방철산은 머리 위에 찬물이 쏟아진 듯 흠칫했다.

“그 일은 아직…… 제가 철저히 조사해 보겠습니다.”

“그렇게 하게나. 단, 확실한 증거를 찾아내기 전에는 바람이 커지지 않도록 조심하게.”

“예, 교주.”

대답하는 방철산의 표정이 이지러졌다.

호연도광은 방철산이 나가는 것을 쳐다보지도 않고 아기와 놀았다.

“어이구, 이 녀석. 조심해라. 그러다 넘어지겠구나.”

까르르르.

아기는 천진난만하게 웃으며 아장아장 걸음을 옮겼다.

아직 다리에 힘이 없는지 곧잘 주저앉았다. 하지만 곧 다시 일어나서 다시 걸음을 옮겼다.

"허허허, 네 아비에게도 그렇게 웃는 모습을 보이도록 해라. 그래야 내 말을 잘 듣지. 네 아비가 내 말을 잘 들어야 너도 살 수 있느니라."

아기가 무슨 말인지 모르겠다는 듯 호연도광을 빤히 쳐다보았다.

호연도광의 입가에 잔잔한 웃음이 걸렸다.

"그 녀석, 눈이 어찌나 맑은지 쏙 빼서 씹어 먹으면 비린내도 안 나겠군. 허허허허."

그러고 보면 마제가 바로 찾아오지 않는 것도 괜찮을 듯했다.

어차피 아기를 찾기 위해 위험을 감수할 놈이라면, 눈알 하나 빼내고 팔 하나쯤 떼어 낸다 해도 놈은 아기를 포기하지 않을 테니까.

그 때 아기가 뭔가를 느꼈는지 겁먹은 표정으로 멈칫거렸다. 호연도광은 그 모습을 보며 더욱 살기 진득한 미소를 지었다.

"이놈아, 내가 겁나느냐?"

第十章
잠입(潛入)

북궁천이 도착했을 때 현도관에는 진평천만이 와 있었다.

명원 도장과 송선 도장은 각 문파의 제자들과 함께 모처에서 대기 중이라 했다.

북궁천도 일대일이 편했다. 그나마 진평천이 두 도장보다는 말도 잘 통했고.

마음이 홀가분해진 그는 시간을 끌지 않고 단도직입적으로 말했다.

"내일 밤 시작하죠."

무엇 때문인지 깊은 생각에 잠겨 있던 진평천이 흠칫하며 북궁천을 바라보았다.

"너무 빠르지 않나?"

"시간을 끌어 봐야 좋을 것도 없습니다."

"자네 말대로 정파연합에 연락을 취했네. 그들이 제때 도착할지 모르겠군. 기왕이면 손발을 맞추는 게 나을 텐데 말이야."

"손발이야 맞춰야지요. 그 전에 한 발 먼저 흔들어 놓자는 겁니다. 치고 빠지면 저들의 시선이 무의식중에 이쪽으로 쏠릴 겁니다. 그때 정파연합이 우영산장마저 무너뜨리면 우왕좌왕하겠지요. 본격적인 공격은 그때부터 시작하도록 하죠."

"당연히 자네도 우리 쪽 공격에 합류하겠지?"

"저희는 따로 할 일이 있습니다."

진평천의 표정이 살짝 굳었다.

"우리와 천사교 사이에 싸움을 붙여 놓고 자네들은 빠지겠다는 건가?"

"저희는 천사교 내부를 뒤집어 놓을 겁니다. 그 일을 그쪽에서 하시려면 하시든지. 그만한 능력이 있을지 모르겠습니다만."

진평천은 자존심이 조금 상했지만, 북궁천 말대로 그럴 능력이 없으니 그에 대해선 대꾸하지 못하고 넌지시 물었다.

"내부를 뒤집어 놓는단 말이지? 자네들이 하려는 일에 대해서 자세히 설명해 줄 수 있겠나? 그걸 알아야 우리도 갑작스런 상황이 닥치면 대처할 수 있을 것 같은데."

그는 북궁천의 합류를 원했다.

자신보다 강한 단천이 빠진다면 자신들이 생각한 전력에 상당한 공백이 생기는 셈이었다.

하지만 북궁천은 설명해 줄 마음이 없었다. 아니, 마음이 없다기보다는 할 수가 없었다.

자세히 설명해 주면 진평천이 자신의 목적을 눈치챌 테니까.

대신 그는 아주 간단하게 말해 주었다.

"먼저 천사교의 이인자 자리를 노리는 방철산과 주서광 사이를 이간질해서 서로를 돕지 못하도록 할 생각입니다."

"그게 가능한가?"

"가능하니까 하려는 것 아닙니까? 못 믿겠으면 지금까지 한 말 없던 걸루 하시든가요. 저야 아쉬울 것 없으니까요."

솔직히 말하면 무척 아쉬울 것이다.

하지만 사실대로 마음을 표현하는 것은 하수들이나 할 짓이었다.

다행히 진평천은 북궁천의 의견을 거부하지 않았다.

"으음, 좋네. 외곽을 치고 빠지는 일 정도야 크게 어려울 것은 없지."

"좋습니다. 그럼 이제 자세한 계획을 세워 보지요."

그 때였다.

북궁천을 뚫어지게 바라보던 진평천이 불쑥 물었다.

"혹시…… 자네가 북천마제 아닌가?"

쿵!

"……"

북궁천은 바로 대답하지 못했다.

언제까지 속일 수 있을 거라 생각하진 않았다. 진평천은 숙야돈과 달리 자신과 직접 손을 맞대 본 사이. 방문을 봤으면 그 정도 추측은 충분히 할 수 있는 사람이었다.

그래도 하루 정도는 시간 여유가 있을 거라 생각했거늘.

'젠장! 괜히 그 여우에게 방문을 붙이라는 말을 해 주었나?'

모른 척 부정할 수도 있었다.

그런다 해서 진평천이 자신을 어떻게 할 수 있으랴!

하지만 그는 잠깐 사이 마음을 고쳐먹었다.

어차피 알 일. 어쩌면 지금이 때인지도…….

그는 무심하게 가라앉은 눈빛으로 진평천을 바라보며 되물었다.

"그게 그렇게 중요합니까?"

진평천은 심장이 싸늘하게 식었다.

솔직히 반반의 가능성을 가지고 물었다. 아닐 거라는 생각이 조금은 더 강했다.

그런데 말투를 보아하니 진짜 북천마제가 분명했다.

"중요하지. 아주."

“어차피 지금까지 저를 마도 사람으로 알았지 않습니까?”

“그야 그렇지. 하지만 무명인 사람과 마제는 그 무게가 다를 수밖에 없네.”

“제가 마제면 함께하시지 않을 생각이었습니까?”

“그건 아니네.”

“그럼 아무 문제 될 것이 없군요.”

“문제가 되네.”

“뭐가 문제란 말입니까?”

“자네가 마제라면 아들을 구하는 게 최우선일 거야. 안 그런가?”

진평천이 북궁천의 가슴을 콕 찔렀다.

북궁천은 가슴이 찌릿했지만 별문제 될 것 없다는 투로 말했다.

“그건 그렇습니다만, 그렇다고 해서 약속을 어기는 일은 없을 겁니다.”

“그 말, 믿어도 되겠지?”

자신이 아기를 구한 후 발을 뺄까 봐 걱정되었나 보다.

하긴 진아를 구할 수만 있다면 무슨 일이든 할 수 있는 자신이 아닌가?

북궁천은 그럴수록 더욱 자신 있게 답했다.

“제 이름을 걸지요. 그럼 되겠습니까?”

“약속을 어기면 이번 일을 세상에 공표할 거네. 그런 일이 없기를 바라네.”

그러든 말든.

북궁천은 조금도 걱정할 것 없다는 투로 말했다.

최대한 낮게 깔아서, 아주 무겁게.

“좋을 대로 하시죠. 그럴 일은 없을 테니까. 그런데 저에 대해서 다른 사람들도 압니까?”

진평천이 씁쓸한 표정으로 대답했다.

“자네와 손잡는 걸 반대하는 사람이 있을지 몰라서 말하지 않았네. 하지만 당시 자네와 만났던 사람 중 몇은 눈치를 챘을지도 모르지.”

그럴지도 모른다. 그러나 대놓고 공론화하지 않았다는 것은 개인적인 의심에 머물러 있다는 뜻이다. 아니면 진평천과 같은 우려 때문에 말을 아끼고 있든지.

‘그나마 다행이군.’

화산과 종남은 정파를 대표하는 문파. 자신을 싫어할 자들이 몇은 있다고 봐야 했다. 더구나 그들 속에 천사교의 간자가 없으란 법도 없고.

“자연스럽게 밝혀질 때까지는 아무에게도 말하지 마십시오.”

“나도 그럴 생각이네.”

＊　　　＊　　　＊

조양장으로 돌아온 북궁천은 장추람과 북풍사객에게 몇 가지 지시를 내리고는, 자시가 되기 일각 전 노중문과 함께 금천장으로 향했다.

어둠 속에서 수십 개의 화톳불이 타오르는 금천장의 모습은 귀기스럽게 보일 지경이었다.

노중문은 북궁천을 안내해서 금천장의 남문으로 다가갔다.

장원이 워낙 크다 보니 동쪽의 정문 외에도 남, 서, 북에 큰 문이 세 개나 더 있었다.

남문의 위사는 장로원 쪽 사람들. 노중문은 그 문을 통해 서너 번 드나들면서 위사들과 안면을 터놓은 상태였다. 약간이 돈이 필요한 일이었지만.

"잠시만 기다리쇼."

위사는 노중문에게 은자 한 냥을 받고 희희낙락해하며 안으로 들어갔다. 물론 그 자리를 지키고 서 있는 자도 한 냥을 받았다.

그리고 잠시 후, 장환이 나왔다.

장환은 아무 말 없이 북궁천과 노중문을 데리고 안으로 깊숙이 들어가더니 장로원 옆 건물의 구석진 방으로 들어갔다.

"자네가 단천인가?"

장환은 방으로 들어간 후에야 물었다.

"그렇습니다."

"서찰이 더 있다고 했던 것 같던데, 가져왔는가?"

"물론 가져왔죠."

"이리 주게."

"죄송하지만 원주께 직접 드릴 생각입니다."

거부할 줄은 생각지 못한 듯 장환의 눈이 날카롭게 번뜩였다.

"나에게 주면 원주께 드리는 것과 매한가지네."

"그래도 원주님은 아니잖습니까?"

"내가 전해 드린다고 하지 않나?"

"제가 전해 드리겠습니다. 직접."

"지금 나를 못 믿겠다는 건가?"

"직접 전해 드린다는 것과 못 믿는다는 게 무슨 상관입니까? 저는 다만 서찰을 드리면서 따로 말씀드릴 게 있어서 그럽니다."

"그 말도 나에게 해 보게."

"정말 이상한 분이시네. 제가 직접 한다니까요?"

"뭐야? 내가 이상해?"

"원주님께 직접 말하겠다는데 왜 귀하가 먼저 듣겠다는 겁니까? 이상하잖습니까?"

"네가 지금 나를……."

장환은 '못 믿겠다는 것이냐?' 라고 말하려다 뒷말을 삼켰다.

그러면 또 그게 무슨 상관이냐며 따질 놈 같았다.

'뭐 이런 놈이 다 있어?'

어쨌든 지금 패를 쥐고 있는 것은 단천이라는 놈이었다. 그는 화를 삭이고 싸늘한 눈빛으로 쏘아보며 말했다.

"네가 무슨 말을 하려는지 몰라도 쓸데없는 말이라면 원주님만 피곤해지신다. 그러니 나에게 먼저 말하라는 거다."

"왜 내 말을 귀하가 판단하겠다는 겁니까? 쓸데없는 말인지 필요한 말인지 판단하는 것은 원주님 아닙니까? 그러니 가서 말씀이나 드려 주쇼."

장환은 속이 답답해지면서 은근히 울화가 치밀었다.

하지만 상대의 말도 틀린 말이 아니었다.

'별 볼 일 없는 말이기만 해 봐라, 이놈!'

그는 꼬투리가 잡히기만 바라며 북궁천의 뜻을 수용했다.

"좋다, 가서 원주님께 그대로 말씀드리마."

반 각이 지나갈 즈음, 장환이 방철산과 함께 방으로 들어왔다.

"네가 북혈회에 새로 들어왔다는 단천이냐?"

방철산이 회색빛 눈으로 북궁천을 살펴보며 물었다.

북궁천은 알아준 것만으로도 황송하다는 듯 굽실거리며 대답했다.

"그렇습니다. 저에 대해서 들으셨나 보군요."

"귀가 따갑도록 들었지."

장환이 감정 섞인 말투로 자세히 말해 주었다. 정신적으로 이상한 놈 같다는 말까지도.

그는 평소와 다른 장환의 표정을 보고 어떤 놈이 장환의 감정을 건드렸는지 궁금했다.

"그래, 나에게 왜 그런 서찰을 보냈는지 이유를 말해 보거라."

"그야 필요할 것 같아서 보냈지요."

"그런 서찰이 왜 나에게 필요할 거라 생각했지?"

"홍무수 같은 자와 결탁해서 천사교의 위엄을 더럽히는 자가 있어서는 안 되는 일이 아니겠습니까? 또한 한 산에 호랑이는 한 마리만 있으면 되는 일이라 생각했지요."

방철산은 짐짓 노기 띤 목소리로 북궁천을 윽박질렀다.

"네 말이 지금 무슨 뜻인지 아느냐? 감히 나를 모욕하기 위해서 그런 말을 하는 것은 아니겠지?"

북궁천은 당황한 표정을 지으며 황급히 변명했다.

"제가 어찌! 저는 다만 원주님께서 호랑이의 위치에 오를 자격이 있다고 봤을 뿐입니다."

"흠, 그래? 듣기 좋으라고 하는 말이긴 해도 그리 기분 나쁘진 않군."

"그냥 하는 말이 아닙니다. 확실한 진실입죠. 해서 저희 북혈회는 어르신을 모시기로 했습니다.”

“나를 모신다?”

“세상을 살다 보면 가끔 많은 돈이 필요할 때가 있지 않습니까? 이제 동마방은 무너졌으니 저희가 원주께서 품위를 유지할 수 있도록 지원해 드리겠습니다.”

“허허허허, 뭔가 오해가 있나 본데, 나는 돈을 밝히는 사람이 아니니라. 내가 동마방에서 돈을 받은 것은 본 교의 사람 중 어려운 처지에 있는 사람을 돕고 싶었기 때문이지.”

‘별 개소리를 따 듣는군.’

속으로는 그래도 겉으로는 웃었다.

“정말 훌륭한 생각이십니다. 앞으로는 저희를 믿고 하고 싶은 일이 있으면 마음껏 하십시오.”

“내 뜻을 이해해 주니 고맙군. 그런데 금액에 대해서도 들었는지 모르겠군.”

“들었습니다. 일단 저희는 한 달에 삼천 냥씩 드릴 생각입니다. 그리고 좋은 일이 있으면 더 드릴 수도 있지요.”

방철산의 회색 눈이 광채를 발했다.

동마방에 비해서 두 배다.

그 정도면 굳이 다른 곳에 손을 벌릴 필요가 없을 듯했다.

“흠, 젊은 친구가 통이 크군. 좋아, 우리 좋은 방향으로 서로 도우면서 지내도록 하자.”

“감사합니다, 어르신. 첫 번째 자금은 이틀 후에 드리도록 하겠습니다.”

“그렇게 빨리?”

“쇠뿔은 단김에 빼라고 하지 않습니까? 그리고 이번에는 처음이니 오천 냥을 드리겠습니다.”

“허어, 이제 보니 북혈회가 아주 많이 벌었나 보군.”

“운이 좋았지요.”

“알았다. 내 고맙게 받지. 혹시라도 어려운 일 있으면 이야기하도록 해라.”

“제가 어찌 어르신께 폐를 끼치겠습니까? 그저 자주 들어와서 인사나 드릴 수 있도록 해 주십시오. 오늘 처음 뵈었는데도 풍채가 꼭 돌아가신 사부님 같아서 눈물이 나올 것 같습니다.”

입에 기름을 칠한 듯 아부성 짙은 말이 술술 흘러나왔다.

아마 장추람 등이 봤다면 벌린 입을 다물지 못하고 진짜 북궁천이 맞는지 확인해 봤을지 몰랐다.

“허허허, 정말 순진한 친구군. 알았다. 장환이에게 일러둘 테니 언제든 찾아오너라.”

“감사합니다, 어르신!”

“그건 그렇고, 듣자 하니 서찰이 더 있다고 들은 것 같은데.”

“아! 제가 너무 기뻐서 깜박했습니다. 여기 있습니다, 어르신.”

북궁천은 품속에서 서찰 뭉치를 꺼내 내밀었다.

방철산의 회색 눈이 싸늘하게 가라앉았다.

"꽤 많군."

"원주님께 많은 도움이 되었으면 좋겠습니다. 총령께서 이 서찰이 원주님께 들어갔다는 것을 눈치채면 어떻게 나올지 모르니 조심하십시오."

"걱정 마라. 주서광이 감히 나를 어떻게 하겠느냐?"

'쥐도 새도 모르게 죽일지 모르지.'

"제가 공연한 걱정을 했나 봅니다. 그럼 이만 가 보도록 하겠습니다."

"오늘 괜찮은 젊은이를 만난 것 같아서 기분이 좋군. 잘 가고, 시간이 나거든 또 찾아오너라."

"예, 원주."

북궁천은 꼬투리를 잡지 못해 아쉬워하는 장환의 안내를 받으며 금천장을 나섰다.

남문을 나서는 그의 입꼬리가 싸늘하게 비틀렸다.

'아주 재미있는 내용이 있을 거다, 방철산. 그걸 보고도 참는다면 늙은이의 인내심을 인정해 주지.'

바로 그 시각.

"이, 이놈이 감히 나에게 이런 개수작을 부리려고 했다니……!"

·방철산의 서찰을 쥔 손이 파르르 떨렸다.

　『방가 같은 썩은 눈깔은 내 적수가 아니다. 걱정
말고 나만 따르면 부귀를 누릴 수 있을 것이니라.』
　『내가 마음먹으면 천하의 누구도 죽음을 피할
수 없느니…….』
　『동마방에서 나온 서류 중 방가와 관련된 서류
가 없는지 철저히 조사해 봐라. 잘하면 욕심 많은
방가 놈을 엮어 넣을 수 있을지 모르니까. 만약 다
른 곳에서 가지고 있으면 만금을 들여서라도 입수
해라.』

"죽일 놈!"

와락!

서찰을 움켜쥔 방철산의 회색 눈에서 진짜 서리처럼 차가
운 눈빛이 쏟아졌다.

'쉽지 않을 거다, 이놈!'

그 때 단천이라는 놈의 말이 떠올랐다.

주서광이 눈치채면 어떻게 나올지 모르니 조심하라고 했
다.

주서광은 홍무수가 서찰을 보관하고 있다는 걸 알고 있을
까?

만약 알고 있다면 반드시 회수하려고 할 것이다. 없어졌다
는 것을 알면 뒤를 쫓을 것이고.

그러다 서찰이 자신의 손에 넘어갔다는 것을 알게 되면?

방철산의 눈이 다시 서찰로 향했다.

　　『내가 마음먹으면 천하의 누구도 죽음을 피할

　　수 없느니…….』

그 글을 본 방철산이 잇새로 주서광을 씹어뱉었다.

"흥! 누가 먼저 죽는지 보자, 주서광."

　　　　　　*　　　*　　　*

설문은 홍무수가 남긴 서류를 살펴보며 서마련의 전체적인
재산 상황을 파악하느라 하루를 꼬박 보냈다.

피곤이 밀려들며 눈이 감길 지경이었다.

'많기도 하군. 이렇게 많으면서도 그 욕심을 부리다니.'

최측근이었던 그조차 모르는 재산이 상당했다.

홍무수가 그를 신임하긴 했지만 알려 준 것보다 감춘 것이
더 많았던 것이다.

고개를 설레설레 저은 그는 다 살펴본 서류를 한쪽으로 젖
혔다.

그 때 누군가가 방 안에 들어오는 느낌이 들었다.

무심코 고개를 돌리던 설문의 표정이 딱딱하게 굳어졌다.

방문 앞에 한 사람이 서 있었다.

검은 옷에 무표정한 얼굴, 저승사자가 아닌가 싶을 정도로 섬뜩한 느낌을 주는 자.

설문은 그를 알고 있었다.

"오 대주께서 이 밤에 어쩐 일로 찾아오신 거요?"

"총령께서 보내셨다."

설문이 휘둥그레진 눈으로 오지관을 바라보았다.

"총령께서?"

그 잠깐 사이, 오지관이 무릎을 구부리지도 않고 유령 같은 신법을 펼치며 그의 일 장 앞까지 다가왔다.

"홍무수가 어떻게 죽었는지 말해 봐라."

"련주께선 소매 속에 있던 절명침이 오발되면서 독에 중독되셨소."

설문은 안타까운 표정을 지으며 준비된 대답을 했다.

"그게 사실이냐?"

"내가 왜 거짓말을 한단 말이오?"

"홍무수가 죽기 전에 단천이라는 놈이 왔다던데."

"그랬소. 하지만 그는 얼마 지나지 않아서 갔소. 그리고 련주께선 한 시진 정도 있다가 그 일을 당하셨소. 내가 련주를 발견했을 때는 이미 숨이 끊어지기 직전이었소."

"그게 사실이냐?"

"사실이 아니면 다른 간부들이 가만히 있었겠소?"

"단천이란 놈이 수작을 부린 것은 아니고?"

"내가 아는 한 그럴 가능성은 극히 적소."

오지관은 설문을 뚫어지게 쳐다보았다.

하지만 어느 정도 준비하고 있었던 설문은 약점을 내보이지 않았다.

"좋아, 자네 말을 믿어 주지. 그럼 이제 어떻게 할 거냐?"

"뭘 말이오?"

"홍무수가 총령과 어떤 관계였는지 네가 잘 알 것 아니냐?"

"아, 그것 말이오? 조금만 기다려 주시오. 그러잖아도 홍련주가 남긴 것을 다 정리한 후에 한번 찾아뵈려 했소."

"얼마나 걸릴 것 같으냐?"

"내일이면 대충 끝날 거요. 아무리 늦어도 사흘 안으로 찾아뵙겠소."

"허튼수작을 부리면 어떻게 된다는 것쯤은 잘 알고 있겠지?"

설문이 움찔하며 겁먹은 표정을 지었다.

"걱정 마시오. 나는 총령과 적이 되고 싶지 않소."

"오늘은 네 말을 믿고 돌아가겠다. 하지만 사흘 안에 답이 없으면…… 너는 서마련을 얻지 못하게 될 것이다. 명심해라.”

“알겠소.”

그 때 문밖에서 나직한 목소리가 들렸다.

“련주. 접니다.”

오지관이 흠칫하며 방문을 바라보았다.

설문이 그를 안심시켰다.

“신경 쓸 것 없소. 저 사람은 내가 가장 신임하는 사람이오. 앞으로 전에 내가 하던 일을 맡길까 하는데, 만나서 인사나 나누는 게 어떻겠소?”

오지관이 느릿하니 고개를 끄덕였다.

자신이 뭐가 무서워서 피하듯 떠난단 말인가.

서마련 따위가 감히 자신을 어떻게 할 수 있으랴.

“들어오라고 해.”

설문이 담담히 웃으며 밖을 향해 말했다.

“들어오게나.”

방문이 열리고 아직 서른도 안 될 것 같은 청년이 들어왔다.

날카로운 눈매, 한일자로 꾹 닫혀서 차갑게 느껴지는 입술. 청년의 옆구리에는 칼이 매달려 있었는데, 처음 본 사람이 있는 걸 보고도 걸음걸이가 자연스러웠다.

청년은 오지관을 슬쩍 쳐다본 후 설문에게 다가갔다.

오지관은 상대가 청년이라는 걸 알고 긴장을 풀었다. 새파란 애송이를 대하고 긴장한다는 것 자체가 자존심 상하는 일이었다.

청년이 오지관의 우측 일곱 자가량 떨어진 곳에 도착했을 때 설문이 말했다.

"인사드리게. 교의 호법전에 계신 오 대주시네."

청년이 몸을 돌렸다.

언뜻 그의 차가운 입술이 실낱처럼 열렸다.

"냉호라 하오."

찰나였다.

번쩍!

허리춤에서 눈부신 광채가 솟구쳤다.

오지관은 반사적으로 몸을 틀며 뒤로 다섯 자가량 미끄러졌다.

주서광이 그를 신임하는 것은 머리만 좋은 게 아니라 실력 역시 뛰어나기 때문이다.

하지만 냉호의 기습적인 공격은 주서광이라 해도 피하기 힘들 만큼 사납고 빨랐다.

쉬아아악!

"크윽!"

벼락같이 뿜어진 날카로운 도기가 가슴을 훑고 지나가자, 오지관의 입에서 나직한 신음이 흘러나왔다.

냉호는 거기서 멈추지 않고 번개처럼 삼도를 휘둘러서 오지관의 퇴로를 완벽히 차단했다.

오지관은 사력을 다해서 빠져나가려 했다.

그러나 선기를 제압당한 상태에서 냉호의 공격을 벗어난다는 것은 절대경지의 고수라 해도 쉬운 일이 아니었다.

더구나 푸른빛이 서렸던 도기가 도강으로 변한 순간, 도첨에서 넉 자 떨어진 곳까지 사정권에 포함되었다.

서걱!

결국 시퍼런 도강이 가슴 깊숙한 곳을 훑어 버리자 오지관은 부르르 몸을 떨며 눈을 부릅떴다.

"크윽! 이, 이런 개 같은……."

"잔소리는 지옥에 가서 해."

쉬악!

냉호의 도세가 오지관의 목을 스치면서 내부의 맥을 잘라 버렸다.

오지관은 눈에서 초점이 사라지는가 싶더니, 맥없이 앞으로 꼬꾸라졌다.

아무리 급습이라지만 절정고수인 오지관이 손도 써 보지 못하고 죽다니.

설문은 침을 꿀꺽 삼키고 냉호를 바라보았다.

"이, 이제 어떻게 하실 거요?"

냉호가 방문을 향해 고개를 돌림과 동시에 철교신이 들어왔다.

“밖에는 아무도 없어. 혼자 온 것 같아.”

냉호의 눈이 다시 설문을 향했다.

“믿을 만한 사람을 시켜서 흔적을 말끔히 치우쇼. 누가 묻거든, 이자는 단천을 찾기 위해서 이곳을 나갔다고 하고.”

들어온 모습을 본 사람이 없으니 거짓말을 한다 해도 믿지 않을 수 없으리라.

“알았소. 그렇게 하리다.”

*　　*　　*

북궁천은 금천장이 보이지 않는 숲길에 이르렀을 때 걸음을 멈췄다.

곧 숲 속에서 대기하고 있던 잠추람이 나왔다.

그는 북궁천에게 검을 건네주고 북궁천 대신 노중문과 함께 계속 길을 갔다.

그사이 숲으로 들어간 북궁천은 일각을 기다리며 뒤따라오는 자가 있는지 살펴봤다.

엄포를 놓은 것이 통했는지 뒤쫓아오는 자는 보이지 않았다.

북궁천은 만족한 미소를 지으며 겉옷을 벗어서 뒤집어 입었다.

밝은 청의가 짙은 회의로 변하면서 어둠에 동화되었다. 거기다 복면까지 쓰자 키 큰 밤손님이 따로 없었다.

준비를 마친 그는 금천장으로 돌아갔다.

두 번 드나들며 금천장의 분위기를 어느 정도 파악한 상태.

금천장의 경계는 무척 삼엄했지만 장원이 워낙 넓어서 곳곳에 빈틈이 보였다.

조금만 조심해서 움직이면 내부를 살펴보는 것 정도는 괜찮을 듯했다.

바람처럼 담장을 넘은 그는 근처의 이 층 지붕 위로 몸을 날렸다.

지붕 위에 올라가자 금천장이 더욱 넓게 느껴졌다.

전각의 지붕이 마치 끊임없이 밀려오는 검은 파도처럼 보일 지경이었다.

좌우를 둘러보던 그는 어느 한 곳에서 시선을 멈췄다.

어둠의 바다 저 너머로 커다란 범선 같은 전각이 보였다.

금화전이었다.

복궁천은 지붕을 타고 금화전으로 향했다.

마음이 다급한 그였지만 주위 경계를 게을리 하지 않았다. 경비무사가 땅에만 있으란 법은 없는 것이다.

조심스럽게 건물 아홉 채를 넘어간 그는 걸음을 멈추고 그림자 속에 몸을 숨기고 전면을 바라보았다.

금화전 주위는 타오르는 화톳불로 인해 대낮처럼 밝았다.

금화전까지의 거리는 이십여 장. 그는 숨소리마저 죽인 채 금화전의 기와가 몇 장이나 되는지 셀 것처럼 세세히 살펴보았다.

마음 같아서는 좀 더 가까이 접근하고 싶었다.

그러나 금화전 일대는 수많은 무사들이 암중에 숨어서 쥐새끼 한 마리 드나들지 못하도록 감시하고 있었다.

더구나 그들 중 상당수는 단순한 경비무사들이 아니었다.

멀리서도 강한 기운이 확연히 느껴질 정도의 고수가 다수 섞여 있었다.

야기를 해치겠다는 약속 날짜가 하루밖에 남지 않은 상황. 마제가 언제 침입할지 몰라 철저히 대비하고 있는 듯했다.

'저 경계망을 흔들지 않고서는 들키지 않고 침입한다는 게 불가능하겠군.'

자신이 예상한 것보다 더 삼엄한 경비다.

그나마 경비망이 금화전 주위에만 펼쳐져 있다는 게 다행이라면 다행이었다.

아니었다면 이곳까지 접근하는 것도 쉽지 않았을 것이다.

북궁천은 조금이라도 더 가까이 접근해 보기 위해서 경비망의 빈틈을 찾아보았다.

그 때였다.

"으아아앙."

금화전 쪽에서 느닷없이 아기의 울음소리가 들렸다.

북궁천의 눈이 커졌다.

‘진아야!’

무슨 일이 있는 걸까?

혹시 어디 아픈 건 아닐까?

울음소리는 한참 동안 이어졌다. 영문을 알 수가 없으니 속만 새카맣게 탔다.

‘안 되겠다. 좀 더 접근해서 알아봐야겠어.’

<다음 권에 계속>